हिन्द पॉकेट बुक्स

ख़ाली तमंचा तथा अन्य कहानियाँ

अंग्रेजी, उर्दू एवं संस्कृत साहित्य की गहन अध्येता भूमिका द्विवेदी अश्क, हिन्दी साहित्य रचना-जगत में एक नवोदित नाम है। अपनी विशिष्ट कथालेखन-शैली और कई भाषाओं के सुन्दर प्रयोग के चलते लेखिका ने कम समय में साहित्य की दुनिया में एक सुपरिचित नाम बनाया है। उर्दू और हिन्दी साहित्य के दिग्गज हस्ताक्षरों में उपेन्द्रनाथ अश्क की पुत्रवधू एवं प्रख्यात कवि और पत्रकार नीलाभ की पत्नी भूमिका द्विवेदी अश्क करीब एक दशक से दिल्ली में रहकर अश्क परिवार की रचना-परंपरा को लगातार गंभीरता से आगे बढ़ा रही हैं। आप लेखन के साथ-साथ अभिनय में भी सक्रिय हैं। अत्यंत कम समय में ही उत्कृष्ट साहित्य रचना के लिए आपको कई पुरस्कार भी मिल चुके हैं।

ख़ाली तमंचा तथा अन्य कहानियाँ

भूमिका द्विवेदी अश्क

हिन्द पॉकेट बुक्स
पेंगुइन रैंडम हाउस इम्प्रिंट

हिन्द पॉकेट बुक्स

यूएसए। कनाडा। यूके। आयरलैंड। ऑस्ट्रेलिया। सिंगापुर
न्यू ज़ीलैंड। भारत। दक्षिण अफ्रीका। चीन

हिन्द पॉकेट बुक्स, पेंगुइन रैंडम हाउस ग्रुप ऑफ़ कम्पनीज़ का हिस्सा है,
जिसका पता global.penguinrandomhouse.com पर मिलेगा

पेंगुइन रैंडम हाउस इंडिया प्रा. लि.,
चौथी मंजिल, कैपिटल टावर -1, एम जी रोड,
गुड़गांव 122 002, हरियाणा, भारत

पेंगुइन
रैंडम हाउस
इंडिया

प्रथम हिन्दी संस्करण हिन्द पॉकेट बुक्स द्वारा 2020 में प्रकाशित
यह हिन्दी संस्करण हिन्द पॉकेट बुक्स में पेंगुइन रैंडम हाउस द्वारा 2022 में प्रकाशित

10 9 8 7 6 5 4 3 2

ISBN 9789353494377

मुद्रकः रेप्रो इंडिया लिमिटेड

www.penguin.co.in

FSC www.fsc.org MIX Paper from responsible sources FSC® C047271

This is a legitimate digitally printed version of the book and therefore might not have certain extra finishing on the cover.

अनुक्रमणिका

अफ़सानानिग़ारी

क़द्रदान पाठकों, किस्से कहानियाँ हमारे युग की विरासत है, जो न सिर्फ़ हमें हमारे अतीत से जोड़े रखती है, बल्कि हमारा मुस्तक़बिल भी संवारती हैं।

प्रस्तुत कहानियों के इस संग्रह में मेरी प्रारम्भिक दौर में लिखी गई कहानियों के साथ पिछले माह लिखी गई दो-एक कहानियाँ भी शामिल हैं।

बात करें अगर प्रतिनिधि कहानी की, तो *ख़ाली तमंचा* सिर्फ गोली के बग़ैर एक देसी औज़ार का ही नाम नहीं है, बल्कि तमाम बेसिक सुख-सुविधाओं, ज़िम्मेदारियों, आराइशों से वंचित एक वजूद, एक बचपन, एक तक़लीफ़ों से लैस शत-प्रतिशत मासूम जीवन की स्पष्ट परिभाषा भी है, जिसे कोई एक मौन कोमल मन लगातार ढो रहा है। आप यहाँ ज़िंदगी का जुनून बहुत गहराई से महसूस करेंगे।

इस संग्रह की बाक़ी कहानियाँ ख़ासतौर पर बड़े शहरों और महानगरों को केन्द्र में रखकर बनी अलग-अलग दुनिया की कहानियाँ हैं।

एक कम उम्र लड़की के अलग-अलग तरह के कई सारे संघर्ष, विद्रोह, तेवर, रवैयों को भी विविधता से भरी इन मौजूदा कहानियों में आप सब मेरे अज़ीज़ पाठकगण देखेंगे।

वेदना, *हीरामन चौधरी*, *सातवां आसमान* या *दांव* आधुनिक भीषण महत्वाकांक्षी युग में राजनीतिक, सांस्कृतिक, मेडिकल और प्रशासनिक जगत् की कुटिलताओं, ख़ामियों, कठोरताओं और अमानवीयताओं को आपके समक्ष रखने का बहुत परिश्रम पूर्ण प्रयास है।

चूंकि मेरी लिखी हुई पहली कहानी *रेड लाइट वर्सेज़ रेड लाइट एरिया* भी इस महत्वपूर्ण कलेक्शन का हिस्सा है, तो मैं यहाँ भी कुछ कहना चाहूँगी। अक्सर हम

देखते हैं, कि कोई फिल्मकार अमुक फिल्म पहले बनाता है, लेकिन उसकी कोई दूसरी फिल्म रिलीज़ पहले हो जाती है। लोग उसी दूसरी फिल्म से फिल्मकार को पहचानने लगते हैं। लिखने, रचने या कुछ सृजन करने में भले ही हम अपनी मर्ज़ी चला लें, लेकिन रिलीज़िंग, पब्लिशिंग, डिस्ट्रीब्यूटिंग वग़ैरह में एक सर्जक का बहुत ज़्यादा अख़्तियार नहीं होता, कई बार तो बिलकुल ही नहीं होता।

मेरी पहली कहानी जो प्रकाशित हुई *काला गुलाब* (सन 2013), पहला संग्रह आया *बोहनी* (सन 2016)।

लेकिन रेड *लाइट वर्सेज़* रेड *लाइट एरिया* सन् दो हज़ार बारह में लिखी गई थी, जब वीआईपी कारों को लोग उसकी छत पर लगी लाल-नीली बत्ती से पहचान लिया करते थे। लालबत्ती कारों से चलनेवाले, संसद भवन में बैठे कुछेक लोग जो स्त्री को सिवाय देह के कुछ और समझते-बूझते हैं ही नहीं, ये कहानी उसी कड़वे अनुभव और ज़लील मुद्दे को केन्द्र में रखकर लिखी गई है, जहां रेड लाइट सर पर ताज समझकर धारण करने वालों के लिये, हर औरत रेड लाइट एरिया से निकलती ''माल'' और उपभोग की वस्तु नज़र आती है, और ख़ुदा-न-ख़ास्ता, अगर औरत थियेटर से जुड़ी निकल आई तो फिर ये समझिए कि उसके देह के दाम भी आपस में ख़ुद-ब-ख़ुद ही निर्धारित कर लिए जायेंगे। हां बेशक, दिल्ली जैसे जागरूक शहरों में भी ऐसा देखने-सुनने में आता रहता है।

शेष आप सभी मेरे सुप्रीम-पावर, मेरे महबूब पाठकों, आप सुधीजनों के समक्ष ये तुच्छ प्रयास सविनय रख रही हूँ।

आप सब साहेबान, पढ़ें, देखें, समझें और मुझ अदना सी क़लमगो को उसकी ऐब-ओ-मलामत, नक़ुस-ओ-नज़ाकत, ख़ूबी-ओ-ख़ू ख़ामी से तार्रुफ़ कराने की मेहरबानी से नवाज़ें।

सादर

भूमिका द्विवेदी अश्क

2 जनवरी 2020

राज़दारी

आज हारून मियां की ख़ुशी का ठिकाना नहीं था। दिल में अरमानों के फूल तो क्या पूरे-पूरे बागीचे ही खिले हुए थे। उनकी ज़िन्दगी आफ़ताब की तरह जगमगा रही थी। उनके रोयें-रोयें में हरियाली की फ़सल लहलहा रही थी। उनकी तजुर्बेकार आंखों और उनके मुर्झाये हुए ज़ईफ़ चेहरे पर छाया हुआ ताज़ा नूर उनकी खुशियों की अनगिनत कहानियां जो बयान कर रहा था। और ऐसा होता भी क्यों ना, सिर से पांव तलक़ कर्ज़े में डूबे, सत्तर बरस के हारून शाह अली के दरवाज़े पर उनकी बीस साला नई दुल्हन महजबीं की डोली जो उतरी थी।

मोहल्ले-टोले वाले दुल्हन को देखते तो उस चांद जैसी हसीना की जवानी और ख़ूबसूरती के क़सीदे बाद में पढ़ते, पहले तो उसकी क़िस्मत पर चार आंसू बहाते और फिर बूढ़े की क़िस्मत की दाद देने में ही मशरूफ़ हो जाते थे। शादी की पहली रात, हारून के पांव ज़मीन पर नहीं पड़ रहे थे, वो तो सातवें आसमान के फेरे लगा रहा था। बेचारी नई-नई नाज़ुक सी दुल्हन, बे मां-बाप की यतीम लड़की महजबीं क्या कहती, चुपचाप ख़ुदा को कोस रही थी, निक़ाह से जुड़ी हुई रस्में जब पूरी की जा रहीं थीं, तो निक़ाहनामे पर दस्तख़त करते वक़्त सेहरे में छुपा ये बूढ़ा चेहरा महज़बीं नहीं देख सकी थी, जो फ़िलवक़्त उसी के बिस्तर पर खर्राटे भरते हुए सो रहा था। वो भी अपनी काली किस्मत को कोसते हुए, सो गई थी। आज तो पहली रात थी, उसकी क़िस्मत में तो उसके अल्लाह-ताला ने अब रोज़ाना ही ऐसी काली रातें लिख दी थीं।

उस नासमझ को क्या पता था कि उसके लाल जोड़े की सुनहरी, चमकदार रंगीनी भी इन स्याह रातों की कालिख़ मिटा नहीं पायेगी। क़िस्मत का लिखा कहां मिट पाता है किसी से, फिर ये तो एक क़मसिन, नई-नई ब्याही लड़की ही थी।

सुबह-सवेरे उठी तो बचे हुए मेहमानों के साथ नाश्ते में, उससे उम्र में माशाअल्लाह काफ़ी बड़े दो लड़कों ने उसे सलाम किया। इन दो लड़कों में जो बड़ा था, उसकी निगाह महज़बीं पर लगी हुई थीं।

एक बुज़ुर्ग खातून ने उनका तार्रुफ़ कराते हुए महज़बीं से कहा, 'नई दुल्हन, ये बेटे हैं तुम्हारे, दुआ दो इन्हें!'

ख़ुद से बड़े जवान लड़कों को ''खुश रहो'' कहने में महज़बीं बहुत अजीब महसूस करती रही। उसे ख़ुद को समझाना बड़ा मुश्किल लग रहा था, लेकिन फिर भी वो उस अजीब से माहौल में सांसें लेने लगी थी। उसके दिल को कम से कम इसी बात की मुतमईनी और ख़ुशी थी, कि अब उसे कोई यतीम तो नहीं कहेगा। हारून अली शाह भले ही बूढ़ा सही, लेकिन उसका नाम उस शहर में लोगबाग जानते ज़रूर थे। अब महज़बीं उसी हारून अली शाह की बीवी हो गई थी। बेशक, अब उसका भी एक रुतबा बड़े आदमी की बीवी के तौर पर, ज़माने भर में क़ायम हो गया था।

ooo

अगले हफ़्ते हारून के दूर के कुछ रिश्तेदार उससे मिलने आ रहे थे, जो कि निक़ाह के वक़्त कुछ बड़ी मसरूफ़ियात के चलते नहीं पहुंच पाये थे। निक़ाह का अभी एक हफ़्ता ही गुज़रा था, लेकिन महज़बीं ख़ुद को सजाने की कोशिश कर रही थी, जो कि अब उसे उतना नहीं भाता था जितना की वो ख़ुद को, शादी से पहले संवार लिया करती थी। उसने एक बड़े सन्दूक में से एक सलमा-सितारे वाला हसीन जोड़ा निकाला, जिसका फिरोज़ी रंग और उसमें सजे बेल-बूटे उसे बहुत पसंद आए। उसके ज़रीदार दुपट्टे में खूब सारे गोटे से रंग-बिरंगे फूल, और चांद-सितारे टंके हुए थे।

महज़बीं इस जोड़े को देखकर ख़ुश हुई, और उसे लेकर हारुन के पास पहुंची, उसने बिना किसी और बात की परवाह किये सीधा हारून से पूछा, 'ये जोड़ा मैं पहन लूं, वो आपकी ख़ाला आ रही हैं, ना इसीलिए!'

हारून अपनी बैठक में अकेला बैठा, कुछ काग़ज़ी मसलों को देख रहा था, सिर उठाकर जोड़े को देखा और अनमनी ज़बान से बोला, 'ये मेरी पिछली बीवी का है, वो तो अब रही नहीं ठीक है तुम्हें पसंद हो तो पहन लो, मुझे कोई ऐतराज़ नहीं!'

हारून की ख़ाला आईं, ख़ूब नेक-नियामतें और झोली भर के दुआयें महज़बीं को नवाज़ गईं। ख़ाला ने एक सोने की सिंगारपट्टी भी दुआओं के साथ महज़बीं के दामन में रख दी। महज़बीं ने बड़े ऐहतराम से उनकी मेहमानवाज़ी की और बड़े ख़ुलूस से उन्हें रुख़सत भी किया।

उनके जाने के बाद हारून ने देर रात, ज़ेवर के डिब्बे को सहेजती अपनी बेग़म से पूछा, 'बड़ी खुसर-पुसर चल रही थी तुम्हारी मेरी ख़ाला से, हमें भी तो दिखाओ आख़िर क्या तोहफ़ा दे गई हैं वो तुम्हें?'

महज़बीं ने ख़ुशी-ख़ुशी अपनी सिंगारपट्टी हारून को दिखा दी। हारून देखकर बड़ा ही खुश हुआ, उसे लगा इस लड़की के बहाने ही सही, लेकिन उसकी दौलत में कुछ और इज़ाफ़ा हुआ। उसने मुस्कुराते हुए महज़बीं से कहा, 'चलो हमारी ख़ाला को हमसे इतना लगाव बाक़ी तो है, हमने तो समझा था कि वो आयेंगी ही नहीं और अगर आयीं भी तो यूं ही कुछ हीलाहवाली करके निकल लेंगी। हमें तो लगा था केवल कौड़ी-दो-कौड़ी की चीज़ थमा के चलती बनेंगी, लेकिन माशाअल्लाह ये तो बड़ा वज़नी ज़ेवर देकर गई हैं अबकी बार!'

'क्यूं पिछली बार उन्होंने क्या दिया था?' महज़बीं ने फ़ौरन पूछा।

'जहां तक मुझे याद पड़ता है, शायद कोई मामूली पाज़ेब दिया था उन्होंने शगुफ़्ता को, ख़ैर जाने दो अब तो तुम खुश हो ना!'

महज़बीं चुप ही रही, कुछ बोलना उसे समझ नहीं आया। सोने-चांदी की सिंगारपट्टी भला उसे क्या ख़ुशी अता कर जाती, वो तो दुनिया की बहुत बड़ी ख़ुशी

से वैसे ही महरूम थी। फिर भी महज़बीं कुछ देर की ख़ामोशी के बाद, हारून को बताने लगी, कि उसका फिरोज़ी जोड़ा ख़ाला को पसंद आया, और ख़ाला उसे हूर-सरीखा हसीन बता रहीं थीं।

हारून को ख़ुद पर बड़ा फ़क्र हो आया। उसने महज़बीं से पूछा, 'तुमने उस जोड़े के बारे में ख़ाला से क्या कहा?'

महज़बीं ने बड़ी सादग़ी से बता दिया, 'हां तो मैंने सच ही कह दिया ना, कि ये शगुफ़्ता बाजी का है, भला झूठ बोलने का क्या सबब था यहां?'

हारून खांसते हुए, थोड़ा तुनककर बोला, 'यही तो ऐब होता है, कम उम्र की औरतों में; घर-ख़ानदान की बात उन्हें खुद समझ ही नहीं आती। अरे तुम कह सकतीं थीं कि ये जोड़ा हमने सिलवाया है तुम्हारे लिए, वो महज़बीं अब ये घर तुम्हारा है, इस हवेली की आब, इसकी इज़्ज़त सब अब तुम्हें ही देखना है। तुम अब हमारी बीवी और इस घरबार की मालकिन हो; थोड़ी राज़दारी रखा करो, हर बात सच बताने की, हर बात से पर्दा उठाने की ज़रूरत नहीं है तुम्हें, रिश्तेदारों से, ना पड़ोस वालों से और ना मेरे उन बेटों से जो अब तुम्हें छोटी अम्मी कहकर बुलाते हैं। आयी बात समझ में महज़बीं बेग़म आपको?'

महज़बीं ने फीका मुंह बनाकर, सिर हिला दिया।

०००

महज़बीं उस बूढ़े की बड़ी सी बियाबान हवेली में अकेली फिरती थी। फिर भी वो नादान, अपना दिल लगाने के लिए पाले हुए ढेर सारे परिंदों और ख़रगोश, बिल्ली, कछुआ, बकरी, बकरे और ढेर सारी मछलियों जैसे ज़िन्दा खिलौनों से बातें करती रहती थी। हारून देर रात तक अपनी बैठक में लेनदेन की बातों में मसरूफ़ रहता था। कई बार तो घर के ख़ादिम उसे खाना भी वहीं पहुंचा देते थे। इसमें ख़ादिमों का कोई क़सूर नहीं था, वे तो मालिक के हुक़्म के पाबंद थे।

ooo

एक दिन घर में, चने की दाल का ढेर सारा हलवा बन गया। बावर्ची ने नींद में दाल ज़्यादा भिगो दी थी, और सुबह उठकर ग़लती से मन भर हलवा बना कर बैठ गया था। यूं तो मियां हारून को हलवा, वो भी चने का बेइन्तिहां पसंद था, लेकिन हक़ीम साहब ने हारून की ज़ईफ़ी और उस पर से दर्ज़नों बीमारी के चलते उन्हें चने की दाल खाने से उसे रोक रखा था। इस परहेज़ के चलते घर में काफ़ी सारा हलवा बच गया।

ख़ुदा की इनायत ही थी कि पड़ोस से शाहीन आपा, महज़बीं से मिलने चलीं आयीं। दरअसल उनके मियां शहर से बाहर गए हुए थे और उनका दिल अकेले घबरा रहा था, इसलिए वो महज़बीं की हाल-ख़बर लेने आयीं थीं। महज़बीं ने, सूखे मेवों से पगा हुआ, सारा बचा चने का हलवा, चांदी का वर्क़ सजा कर आपा के लिए बंधवा दिया। आपा ख़ुशी-ख़ुशी महज़बीं को दुआएं देकर चलीं गई।

महज़बीं ने अपनी अक़्लमन्दी की दास्तान आकर फिर हारून को सुनाई और दाद की उम्मीद भी रखी। लेकिन, हुआ इसका उल्टा। उसे दाद देना कहां आता था, उसने तो डांट पिलाने की क़सम उठा रखी थी। हारून छटा हुआ खड़ूस बूढ़ा था, उसने तो अपनी नाज़नीं नई दुल्हन की तारीफ़ करने से जैसे तौबा ही कर रखी थी। उसे यही खौफ़ खाये जाये जाता था, कि तारीफ़ करते ही महज़बीं कोई फ़रमाइश ना कर बैठे, या गुरूर में आकर कहीं उसके तेवर ही ना बदल जायें, और वो इस लाचार कर्ज़दार बूढ़े को घर से निकाल ही ना फ़ेंके। किसी की सोच का भला कोई क्या इलाज कर सकता था। कर्ज़े से पटे ज़ईफ़ के हलक़ से दो लफ़्ज़ तारीफ़ और मोहब्बत के भूलके भी नहीं निकलते थे।

हारून ने बड़ी धीरे-से और चालाकी से महज़बीं से पूछा, 'महज़बीं, तुमने बताया नहीं कि इतना हलवा बच क्यूं गया?'

'हां हां क्यूं नहीं मैंने तो बड़ी साफ़गोई से शाहीन आपा को समझा दिया, कि

आपकी बुरी सेहत के चलते हक़ीम साहब ने आपको परहेज़ी का हुक्म, सख़्ती से दे रखा है, और चने का हलवा खाते ही आप का हाज़मा बुरी तरह बिगड़ जायेगा। आपा आपकी बेहतरी के लिए पीर बाबा से ताबीज़ें भी लायेंगी। वो तो हर ज़ुमेरात को उधर ज़रूर जाती हैं। उन्होंने बड़ी फ़िक्र दिखाई है आपके लिए! देखियेगा, माशाअल्लाह आप जल्द ही दुरुस्त सेहत हो जायेंगे।'

बूढ़ा हारून फिर तुनक गया, इस बार नाराज़ होकर बोला, 'ख़ाक ठीक हो जाऊंगा। हमने समझाया था ना तुम्हें कि हर बात, हर किसी पर ज़ाहिर नहीं की जाती। मुझे चने के हलवे तक से हक़ीम ने परहेज़ बताया है, इस बात की मुनादी पीट आयी तुम मोहल्ले भर में, अरे महज़बीं, मेरी बेग़म कुछ राज़दारी करना भी सीख लो। तुम ये भी तो कह सकती थीं, कि शब्बीर और ताहिर वलीमे में गए हैं इस वजह से हलवा बच गया। मेरी कमज़ोर सेहत या परहेज़ी बताने का भला क्या मतलब था? देखो आइन्दा ख़याल रखना, वरना तो मैं ख़फ़ा हो जाऊंगा।'

महज़बीं ने फिर से फीका मुंह बनाकर, हामी में, सिर हिला दिया। और ये यक़ीन भी दिलाया कि वो आइन्दा किसी से कुछ कहने से पहले हज़ार बार सोच लेगी।

०००

शब्बीर और ताहिर, हारून के दो जवान और ख़ूबसूरत बेटे थे। दोनों की उम्र का फ़ासला तकरीबन चार साल का था। शब्बीर बड़ा था और महज़बीं से पूरा दस साल बड़ा था। देखा जाये तो उस ख़ामोश हवेली में हारून के बाद अगर कोई सबसे बड़ा उम्र के लिहाज़ से था तो वो शब्बीर ही था। हवेली के पीछे की तरफ़ इन दोनों बेटों की रेहाइश थी। उनका आना-जाना, उनके दोस्तों से मिलना-जुलना, और उनकी पतंगबाज़ी सब हवेली से अलग ही दुनिया में होती रहती थी। उन्होंने कबूतर-मोर-तीतर-बटेर-सुरख़ाब-तोते-गौरैया, रंगबिरंगी ढेरों मैना, जाने क्या ना क्या पाल रखे थे। वे दोनों ही अल्हड़ जवान लड़के हवेली से अलहदा अपने जहान में मशगूल

रहा करते थे। हवेली के नौकर-चाकर ज़रूरत की हर चीज़ उन तक पहुंचा आते थे। वक़्त की पाबंदी से, खाना-नाश्ता-पान-पानी-बीड़ा-ज़र्दा सब उन तक पहुंच जाता था।

हारून ने दोनों की शादी एक साथ कराने का तय कर रखा था, लड़कियां भी बड़े घर-ख़ानदान की देख रखी थीं और बात भी पक्की करने में कोई कोर-कसर बाक़ी नहीं रखी थी। लेकिन ये बात भी ज़रूर तय थी, कि निकाह होगा तो सारा कर्ज़ा उतारने के बाद ही। जिससे ज़माने भर में कोई, ये कहने की हिमाक़त ना कर सके कि हारून शाह अली ने बहुओं पर भी कर्ज़ा लाद दिया है, और अब समधी के साथ-साथ नवासे कर्ज़ा उतारेंगे ज़ईफ़ हारून मियां का।

०००

एक दिन सवेरे तड़के, हारून ताहिर को लेकर क़रीब के शहर कोई क़ारोबारी काम से गए हुए थे। आना तो उन्हें रात तक था, लेकिन ख़बर भिजवा दी कि अगली सुबह तक लौटेंगे।

महज़बीं ढली हुई शाम की तरह उदास, जलते हुए चिराग़ के पास बैठी थी। वो जलते चिराग़ की लौ को बड़े ग़ौर से देख रही थी, मानो उसे उसके अन्दर का कुछ जलता-सुलगता अपने सामने रखा दिख रहा हो। ठीक इसी लम्हा एक सुरख़ाब उड़ता हुआ उसके नज़दीक आ बैठा। ये सुरख़ाब शब्बीर का था, जो हवेली के दूसरे कोने से उड़कर इस तरफ़ चला आया। रंगीन पंखों से सजा सुर्ख़ाब महज़बीं को बहुत भाया, वो उसे गोद में उठा कर दुलारने लगी। उसने घर के नौकर को आवाज़ भी दी कि शब्बीर को उसका परिंदा लौटा आए, लेकिन उसकी आवाज़ किसी ने सुनी नहीं, शायद चाकर सोने चले गए, इसलिए उसने सोचा, वो ख़ुद शब्बीर को उसकी अमानत वापस दे आए।

इस हवेली की अकेली ज़नाना मालिक तो वो ख़ुद ही थी, उसे किसी से इज़ाज़त लेने की भला क्या दरकार। और भला उसे किसी का क्या ख़ौफ़?

वो सुर्ख़ाब को गोद में उठाये, सीढ़ियां चढ़ती हुई, हवेली के दूसरी ओर बने, शब्बीर के कमरे में पहुंच गई। शब्बीर आधा लेटा हुआ कोई क़िताब पढ़ रहा था। महज़बीं को देखकर उठ खड़ा हुआ और बेहद हैरान भी हुआ।

'छोटी अम्मी आप! मुझे बुला लिया होता?'

'क्यों शब्बीर मैं चली आयी, तो कौन सी क़यामत हो गयी? ऐसे अल्फ़ाज़ क्यों बोल रहे हो?'

'ऐसी बात नहीं छोटी अम्मी, इस तरफ़ हवेली की औरतें कभी तशरीफ़ नहीं लातीं! आपको देखकर हैरान हो गया था मैं, इसी वजह से ऐसा कह रहा था। आईये, बैठिये ना!'

'तुम्हारा परिंदा उड़के चला आया था मुझे बुलाने। उसी की दावत पर मैंने तुम्हारे कमरे तक का सफ़र तय किया है। लो संभालो अपनी अमानत!' कहते-कहते महज़बीं उसके तख़्त पर बैठ गई, और पाये के क़रीब सुर्ख़ाब को छोड़ दिया।

'दिन भर, रात भर क्या करते रहते हो यहां? कभी मुझसे मिलने नहीं आते, क्यों, भई सौतेली हूं इसीलिए, ना?'

'नहीं, नहीं अम्मी! ख़ुदा की क़सम ऐसा कुछ मसला नहीं। मैं तो अपनी अम्मी की सूरत भी महीनों नहीं देख पाता था। यहीं दोस्तों-यारों के साथ दिन गुज़र जाते हैं, वैसे?'

'वैसे क्या? शर्माओ मत शब्बीर, कहो भी?'

'छोटी अम्मी वैसे भी मैं हमेशा आपसे बात करना चाहता था, लेकिन अब्बा, मुझे उनसे बहुत डर लगता है। बचपन में उन्होंने मेरी बहुत कुटाई की हुई है।'

'अरे अब तो नहीं करते वो तुम्हारी कुटाई? अब तो माशाअल्लाह बड़े हो गए हो तुम! अरे तुम क्यूं खड़े हो? बैठ जाओ। इतनी तकल्लुफ़ी अच्छी नहीं।'

'लेकिन छोटी अम्मी?' शब्बीर उसी तख़्ते पर बैठता हुआ महज़बीं से बोला।

'एक बात तो कहो, तुम्हें मालूम है ना मेरी उम्र, तुमसे पूरे दस बरस छोटी हूं मैं!'

'जी, मालूम है छोटी अम्मी।'

'फिर अम्मी अम्मी क्या लगा रखा है? मेरा नाम नहीं जानते क्या?'

'जी, मैं जानता हूं आपका नाम महज़बीं है। आप माशाअल्ल्लाह बेहद ख़ूबसूरत भी हैं।' शब्बीर ने थोड़ी-सी झिझक खोलके अपने दिल की बातें कहनी शुरू कीं।

महज़बीं ने किसी मर्द की ज़बान से अपने लिए तारीफ़ पहली बार सुनी थीं। निक़ाह के बाद शौहर करता, लेकिन मियां हारून की झुकी हुई क़मर, पोपले मुंह और सर पे गिनती के हिजाब लगे बालों को इतना सलीक़ा कहां बचा था, कि वो हसीन महज़बीं की खूबसूरती को निहार सके, और उसकी बुज़ुर्गियत, उस कमसिन बीवी के लिए तारीफ़ी क़सीदे पढ़ सके। शब्बीर के पास दो घड़ी का ही सही, बैठना, उसका ये चन्द लम्हों का साथ, और उसकी ये सब बातें महज़बीं को बड़ी सुहानी लग रहीं थीं।

रिश्ते के लिहाज़ से भले ही महज़बीं और शब्बीर दोनों मां-बेटे थे, लेकिन इस रिश्ते का कोई सिर-पांव था नहीं। उम्र के लिहाज़ से तो बिलकुल भी नहीं। दोनों ही हमउम्र-जैसे थे। दस बरस छोटी ग़ज़ब की हसीन मां, और दस बरस ही बड़ा जवान खूबसूरत, और दूसरे की कोख से जन्मा बेटा।

वो दोनों सबसे पहले दो इन्सान थे। जिनके दिल में एक दूसरे के लिए ढेर सारी हमदर्दी थी, फ़िक्र थी, और रहम भी था। जिसकी वजह भी उन दोनों के लिए एक ही थी, जो इत्तिफ़ाक़न आज हवेली में मौजूद नहीं था। उसके बाद वो, दो अलग-अलग वजूद थे, एक आदमी और एक औरत का वजूद। दोनों को एक दूसरे की तक़लीफ़ों, तन्हाईयों और ज़रूरत का बाख़ूबी इल्म था। इसके बाद ही दोनों एक अजीब-ओ-ग़रीब रिश्ते से बंधे हुए मजलूम मां और बेटे थे।

दोनों काफ़ी देर तक बातों में मशगूल रहे। दुनिया-जहान की बातें होती रहीं।

ताहिर और हारून की बातें होती रहीं। होने वाली दुल्हन की बातें होती रहीं। घर-मकान-हवेली से लेकर महज़बीं के यतीमखाने और शहर-मोहल्ले की बातें होती रहीं।

हवेली की छत पर बने इस बड़े-से कमरे में खूब ठंडी हवा आ-जा रही थी। शब्बीर महज़बीं से अब बहुत खुल गया था। बाहर चांदनी छिटकी हुई थी। आज शब्बीर का सब्र महज़बीं के खुले हुए बर्ताव से डगमगा गया था। शादी के रोज़ से अब तक वो महज़बीं की ओर खिंचा हुआ था। इधर-उधर से महज़बीं को नज़र भर देखने और उससे ताल्लुक़ बढ़ाने की कोशिश करता था, लेकिन अपने अब्बा के ख़ौफ़ से, महज़बीं से दूरी क़ायम करना ही उसे बेहतर लगता था। आज बेतक़ल्लुफ़ी से उसके साथ, उसके पास बैठी महज़बीं उसे बहुत ललचा रही थी।

काफ़ी देर के बाद महज़बीं जब वापस जाने को हुई, तो शब्बीर की जागी हुई बेचैनियों और आधी-अधूरी हसरतों ने एकाएक जैसे फ़न उठा लिया। शब्बीर अपनी सारी ताकत समेटकर, उठकर खड़ा हो गया और उसने महज़बीं का रास्ता रोक लिया, 'मत जाओ महज़बीं। अब्बा आ जायेंगे तो हम लोग बातें नहीं कर सकेंगे। बैठो ना! कुछ देर ही सही, मुझे तो मालूम नहीं अब्बा का कर्ज़ा कब उतरेगा? मेरी दुल्हन तो आने से रही महज़बीं।'

महज़बीं के जी को शब्बीर का रोक लेना बहुत सुकून देने वाला लगा। शब्बीर की ये इल्तिज़ा महज़बीं के दिल को बहुत रास आई। शब्बीर बहुत तन्दुरुस्त, ज़हीन और बेहद हसीन जवान आदमी था। महज़बीं को आज ये अच्छी तरह से मालूम हो चला था कि इस हवेली में वो अकेली तन्हाई से नहीं जूझ रही थी, बल्कि ये तीस बरस का जवान आदमी भी उसके बूढ़े शौहर के रहते आबाद नहीं हो सकता था। ऐसा लगता था, हारून अपने बेटों को अपने सामने बूढ़ा करके ही दम लेगा। उसे इन बेटों की ख्वाहिशात से कोई लेना-देना नहीं था। हारून के पत्थरदिल को उसके बे मां के बेटों की खुशी की कोई भी परवाह नहीं थी। वो तो ख़ुद अभी अपने लिए

ही एक चांद सी, कमसिन दुल्हन लाया था, और इतराता फिरता था, भला बेटों की उसे क्या फ़िक्र।

सीढ़ी के पास महज़बीं खड़ी थी, और सीढ़ी के ही दरवाज़े के पास रास्ता रोके शब्बीर खड़ा था। वो महज़बीं के बहुत क़रीब खड़ा हुआ था, इतना क़रीब कि उसकी मर्दाना ख़ुशबू महज़बीं के ज़ेहन तक को सुकून से भरी ताज़गी से नहला रही थी।

उसने उन महीन, नाज़ुक, क़ीमती और दिलकश लम्हों को ज़ाया नहीं जाने दिया। वो शब्बीर के कहने पर उस रात उसके कमरे में रुक गई और जाने कहां तक बह गई, बढ़ गई। आज पहली बार तो उसे ये अहसास हुआ कि अब वो शादीशुदा है और एक भरी-पूरी जवान औरत भी है।

ooo

सवेरा हुआ, हारून और ताहिर लौट आए। हारून नहा-धोकर, कपड़े बदल कर कुछ खा-पीकर बैठक की ओर चला गया।

कुछ वक़्त बीता।

कुछ दिन, और महीने बीते।

और एक दिन, महज़बीं के हामला होने की ख़बर पूरी हवेली में गूंजने लगीं। फिर हवेली से निकल कर मोहल्ले और फिर शहर भर में हारून के कूव्वत के चर्चे होने लगे।

महज़बीं का एक सेहतमन्द, खूबसूरत और प्यारा सा बेटा हुआ। वो अपने बेटे को देख-देखकर कुर्बान हुई जाती थी। सैकड़ों दुआयें दीं गयीं, हज़ारों बलायें ली गयीं, लाखों नेग़-निछावर बांटे गए, और ये चांद-सा बेटा हवेली की वीरानी को ख़त्म करने वाला दिलक़श चिराग़ सा रौशन हुआ।

अब की बार, महज़बीं ने हारून का पढ़ाया सबक़ खूब याद रखा। घर-ख़ानदान की इज़्ज़त का उसने हर तरह से ख़याल रखा। हारून मियां के कहे का पूरा मान रखा।

उसने हवेली के राज़ से किसी के भी सामने, पर्दा नहीं उठने दिया। उसने कोई बात बाहर कहने से पहले हज़ार बार सोचा और आख़िरकार बात अपने और शब्बीर तक ही रहने दी। उसने पूरी राज़दारी निभाई। महज़बीं ने हारून शाह अली को इस बार ख़फ़ा भी नहीं होने दिया।

दस रुपये का तेज पत्ता

नाली के बिलबिलाते, किसी रेंगते कीड़े को, भले ही किसी सोने के जड़ाऊ सिंहासन पर सुशोभित कर दिया जाये। लेकिन फिर भी वो अपने नैसर्गिक जन्म-स्थान और मूलभूत प्रवृत्तियों से कभी छल नहीं कर सकता।

यह एक शाश्वत नियम और सर्वाधिक प्रमाणित सिद्धान्त है। वो मैला कीड़ा, उस सोने के जगमगाते आसन में भी शीघ्रातिशीघ्र कोई अंधियारा कोना खोज ही लेगा और जल्दी से वहीं दुबक जायेगा।

अब साहित्य-जगत में, विशेष कर हिन्दी जैसे समृद्ध और सुप्रतिष्ठित साहित्य जगत में ही कईयों इस तरह के नपुंसक कीड़े, तमाम अंधेरे कोने-अंतड़े से बाहर निकाले गए, संजोये गए, सिंहासन पर भी बैठाये गए, लेकिन फिर भी अपनी आदतों और अपने मूल स्वभाव से गद्दारी न कर सके।

कभी-कभी लगता है, ये सब इलाहाबाद के कलंक मीरगंज की अंधेरी गलियों की, या बंगभूमि के बदनुमा धब्बे सोना-गाछी के तंग गलियारों की, या फिर दिल्ली की कालिख जी.बी. रोड की पैदावार हैं, जो कि किसी ना किसी मजबूरी में फ़ंसे धर्मात्मा और नेक-नीयत मां-बाप के साये में, ख़ुशकिस्मती से आ गिरे। ऐसा अहसास इसलिए भी हो जाया करता है, क्यूंकि इन गलीच कीड़ों की प्रवृत्तियों और व्यवहारों में, वही छल, वहीं दुर्गन्धपूर्ण कलेवर और वही उबासी दिखती है, जो दुनिया का मैला ढोने के लिए जगत-प्रसिद्ध है। कोई भी नहीं बता सकता कि, किस मैली कोख का दूषित बीज होंगे ये तथाकथित विषाक्त पौध।

अब केतन को ही ले लें, कौन सा मजबूत प्रयत्न नहीं किया उसके तथाकथित गौडफ़ादरों ने, कि वो अपनी मिट्टी का विषैला असर धो ले और नये जीवन का अंकुरण होने दे। लेकिन केतन है कि लेशमात्र का भी उस पर फ़र्क़ दिखाई नहीं दे रहा। और तो और अच्छी भली लड़कियों की ज़हीन और ख़ुशग़वार सोहबतें और अच्छे-संस्कारी, घर-परिवारों के लड़कों की दोस्ती भी उसे रत्ती भर भी बदल नहीं पायीं। वही महा कमीना आचार, वही प्रदूषित विचार, वही दारू से सनी हुई, सड़ी गन्धाती हुई भाषा और वही गिरी हुई नीच प्रकृति, रह रहकर सामने आ ही जाती है। कोई इलाज नहीं, कोई भी उपचार नहीं उसकी कुटिलताओं और खुदग़र्ज़ी का।

उसकी तंगहाल ज़िन्दग़ी को बेहतर बनाने के लिए, लेखन के तमाम पुरस्कारों में भी उसका नाम शुमार करवाया गया। जिन कहानियों की औकात सान्त्वना पुरस्कार से ज़्यादा किसी दर्ज़े की नहीं थी, उन्हें भी प्रथम पुरस्कार से विभूषित करवाया गया। पुरस्कार-राशि के नाम पर उसे कई तरह से इमदाद भी पहुंचाई गई। क्योंकि कुछ भी हो लेकिन एक बात तो है, उस लाचार केतन की किस्मत ख़ुदा ने किसी क़ीमती स्याही से लिखी थी कि उसे छत्रछाया अच्छे और भले लोगों की मिली, जिससे उसका गुज़ारा शाहों की भीख पर चलता रहा।

लेकिन फिर भी, इन सभी मेहरबानियों और अक़ीदतों का परिणाम उस बेहया और बेग़ैरत पर वही ढाक के तीन पात ही रहा। साहित्य की इसी गहमागहमी वाले कभी निर्जन तो कभी हरियाली वाले माहौल में केतन ने कई सारी दोस्ती अपने तई भी बना ली। ज़ाहिर है इन सभी दोस्ती का कोई ना कोई अर्थ-अभिप्राय तो होना ही है। किसी को केतन ने लैपटोप के लिए फांसा, तो कोई उसे किरायेदारी के लिए ही सूटेबल लगा तो किसी से ढंग के कपड़े ले लिए। सुन्दर कुर्ते और महंगी जीन्सें। हो सका तो अच्छे जूते और चप्पल भी।

कोई बन्दा उसे सिगरेट-दारू के लिए मिला तो किसी से उसने सीधे लम्बी रकम ही ऐंठ ली, कहीं ना कहीं कोई रचना झपवाने का झांसा देकर। क्योंकि ये एक

सर्वविदित तथ्य है, कि हरेक शख़्स उम्र के किसी ना किसी एक पड़ाव में कवि ज़रूर बनता है। भले ही कैसी भी आड़ी-तिरछी लकीरों से सही लेकिन एक किसी भी दर्ज़े की कविता की सूरत बनाकर खड़ी कर ही देता है। केतन यही सब मूल मानव प्रवृत्तियों को खूब जान-समझ और पड़ताल कर इसी दिल्ली शहर में यथोचित मानवों से अपना उल्लू सीधा करता रहा।

फक्कड़ों के लिए जो सही है तो अलग बात, सोने लदे गधों के लिए दिल्ली मज़े की पनाह ज़रूर है। और फक्कड़ केतन का आसरा ये ढेरों गधे ही तो हैं। इनके चलते ही उसका ठौर दिल्ली बना हुआ है, वरना तो कब से बोरिया-बिस्तर बंध चुका था।

केतन ने कई लड़कियों को भी अपना निशाना बनाया। किसी की कार साफ़ करके उसी कार से कोई ना कोई साहित्यिक-गोष्ठी में जा धमका तो किसी की जूतियां चमका कर, उसके घर रहने का बन्दोबस्त येन-केन-प्रकारेण करवा ही लिया।

उसका स्तर तो कहीं-कभी स्थिर था नहीं, पान-सिगरेट-दारू, और तो और रोटी के लिए भी फ़ौरन गिड़गिड़ाना, मिमियाना और रिझाना भी उसे खूब आता था।

हर एक से केतन कुछ न कुछ वसूलता और सामने वाले को दिखाता कि वे सारे उसके मेहरबान दोस्त दरअसल उसके लेखन के फ़ैन हैं। और उसकी लेखनी पर फ़िदा होकर उसे तमाम सारी आराइशों से नवाज़ रहे हैं। असलियत क्या थी, कुछ गिने-चुने यार-दोस्त ही जानते थे।

अपनी इसी रौ में बढ़ती ज़िन्दगी में एक दिन वो एक कियारा नाम की लड़की से मिला। उसके औसतन दयालु दोस्तों में कियारा आर्थिक रूप से काफ़ी समृद्ध तो थी ही, साथ ही मां-बाप की अकेली औलाद भी थी। कियारा के पिता ने उसके लिए दिल्ली में एक सुन्दर छोटा-सा मकान, खरीद दिया था, जहां वो अपनी आया के साथ अकेली रहती थी। उसकी शुरुआती पढ़ाई-लिखाई बोस्टन शहर में हुई थी जहां कियारा के पिता उस वक़्त डॉक्टरी की प्रारम्भिक प्रैक्टिस जमा रहे

थे। कियारा बे-मां की बच्ची थी, इसलिए पिता ने बड़े नाज़-ओ-अदा से उसका ख़याल रखा था।

अपने एक स्कूली-टुअर में वो एक बार दिल्ली आयी थी, और उसने अपने उसी दौरे में लाल-क़िला, क़ुतुबमीनार, जामा-मस्जिद, लोटस-टेम्पिल वगैरह-वगैरह सब देख डाले थे। चांदनी-चौक की गलियां, राजनीति के गलियारे संसद भवन और जनपथ-राजपथ का नज़ारा उसे खूब रास आया था। उसे दिल्ली, उसी समय से बेहद भा गई थी। आज जब वो बीस साल के करीब पहुंची और कालेज में दाखिला लेने का वक़्त आया तो उसके पिता यानी की डॉक्टर साहब ने उसे उसकी पसंद की जगह पढ़ने भेज दिया।

कियारा के कुछेक प्रिय दोस्तों में एक शेरी भी था। शेरी की बुआ डॉक्टर थी और कियारा के पिता के साथ ही काम करती थी। उसके कई और नातेदार भी अटलाण्टा, शिकागो और कैनेडा में बसे हुए थे। शेरी के मार्फ़त ही केतन कियारा से मिला था। केतन अपने तमाम सारे रोज़मर्रा के खर्चों के लिए कईयों का मुंह देखता और कई सारे दरवाज़े घूमने के बाद भी कुछ ही राहत-सामग्री पाता था। लेकिन कियारा के रूप में उसे एक ऐसा सिक्का मिला जो हर एक जगह शान से और बखूबी चमक के साथ खनखनाता हुआ चल निकलता था। कियारा को अगर एक सोने का सिक्का कहा जाये तो ग़लत ना होगा। केतन ने कियारा को फ़ांसने के हर करतब आज़माये। हर बाज़ी खेली। हर एक मोहरा इस्तेमाल किया।

केतन रात-बेरात कियारा के ज़ोर-बाग़ में लिए हुए उसके मकान के सामने रोता-गाता चला आता, और पूरी-पूरी रात भीगता खड़ा रहता। उसके मोबाइल में बेहिसाब कौल और मैसेज़ करके उसे बताता कि अगर कियारा उसे तवज्जो नहीं देगी, तो वो चलती गाड़ी के सामने लेट कर या ऐसा ही कुछ करके, आत्महत्या कर गुज़रेगा।

कियारा उस वतन से आयी थी, जहां मोह-माया, प्रेम-दुलार, सब कुछ बड़े तार्किक होते थे। उन सभी मनोभावों की, उन सभी संवेदनाओं की हमेशा कोई ना

कोई ठोस वजह होती थी। हिन्दोस्तानियों का जुनून-औ-जज़्बा कियारा में बहुत कम मात्रा में मौजूद था, शायद ना के बराबर ही था। उसकी दोस्तों की फ़ेहरिस्त में भी हिन्दोस्तानियों की तादाद भी कमतरीन थी। उसकी मां होती तो शायद उसका दिल, कुछ पसीजने जैसा गुण सीख जाता, लेकिन उसके पिता ने उसे दया-रहम-हमदर्दी जैसे लफ़्ज़ों से उसे बहुत दूर रखा था। इस लिए केतन की दाल गल नहीं रही थी। ठंडी आंच में पड़े हुए उसके दाल के दाने कड़े पड़ने लगे थे। ऐसा नहीं था कि कियारा उसे दुत्कारती हो, बस वो केतन की सारी बात सुनकर भूल जाती थी। वो रोता तो उसे टिशू-पेपर दे देती, वो अपनी तंगी की दास्तान सुनाता तो कई कोण का मुंह बनाती और जब वो कुछ मांगता तो आया से कहकर उसे घर से बाहर का रास्ता दिखा देती। यही उसने अपने अमीर बाप से सीखा ही था, कि हिन्दोस्तानी दुनिया के सबसे बड़े भिखारी होते हैं। कियारा अपने बाप की सीखों पर अमल करते हुए ही दिल्ली में सर्वाइव कर रही थी। कभी-कभी कियारा केतन के रोचक और डींगें मारने वाले कई सारे किस्से शेरी को भी बताती। शेरी एक बिज़नेस मैन का थोड़ा-सा बिगड़ैल बेटा था। आदतन वो भी सूमड़ा ही था, फिर भी जंगल का शेर कितना भी चाट-चाट के अपना शिकार साफ़ कर दे, लोमड़े और सियारों के लिए कुछ ना कुछ बच ही जाता है। सियारों और लोमड़ों का तो वही प्रसाद पेट-भरण भी होता है। बस केतन भी इन्हीं जूठनों से अपनी उदर-पूर्ति करता रहा। केतन ने तय कर लिया था, कि दस गांव भीख मांगने से बेहतर एक राजा की देहरी है। जो मिले वही काफ़ी है।

एक बार शेरी अपने कई दोस्तों के साथ दिवाली वाली रात केतन के कमरे पहुंचा। तय हुआ दिवाली का जश्न वहीं मनेगा। सब केतन के हालात पहले से जानते थे, इसलिए मिठाई, खाने के और पीने के भी तमाम सामान, आतिशबाज़ी का इन्तज़ाम, मोमबत्तियां, दिया-दियाली सब लेकर ही आए थे। कियारा भी आयी। कहते हैं आंखों देखी, कानों सुनी से ज़्यादा असरकारक होती है। कियारा के साथ भी ऐसा ही हुआ। केतन के कमरे की दशा देखकर वो विचलित हुई।

केतन का बेहद गन्दा-मलन्दा कमरा एक अलग ही कहानी कह रहा था। उसके उस छोटे-से कमरे में जो कि दरअसल एक कोठरी ही थी, उसमें ना तो कोई पलंग थी, ना कोई और फ़र्नीचर। एक फटी-पुरानी चटाई बिछी थी, उसी पर केतन सोता था। उसमें खिड़की रौशनदान जैसा भी कुछ ना था, जिससे हवा क़ायदे से आ-जा सके। कमरे के किनारे कुछेक टूटे-फूटे बर्तन पड़े थे। कुछ खाली राशन के डिब्बे भी उल्टे पड़े हुए थे। इस रसोई जैसे दिखने वाले कोने में खूब सारे कॉकरोच-मक्खियां-चीटें धमाचौकड़ी मचा रहे थे। उस कोठरी की कमज़ोर और सीली हुई दीवारों पर कुछ कीलें गड़ी हुईं थीं। जिस पर केतन ने दोस्तों से लिए हुए कपड़े टांग रखे थे। सब तरफ़ किताबें और पन्ने भी बिखरे थे, जो केतन का कारोबार थे।

कियारा ने पूरे कमरे को बारीक़ी से देखने के बाद, जब केतन को देखा, तो वो अपने दोस्तों के साथ खूब हुल्लड़ मचा रहा था। दोस्त भी खुश थे, सब सड़कों पर आकर पटाखों में मगन थे। दारू चढ़ा कर घर वाले तो दीवाली मनाने ना देते इसलिए ये केतन का अड्डा सबने मिलकर चुना था।

केतन भी अपने कल, परसों तक के खाने और हफ़्ते भर के पीने का जुगाड़ करने के लिए कुछ मिठाई के डिब्बे और बोतलें दोस्तों की नज़रों से बचा कर किताबों के बीच छुपा रहा था। और तो और उसने कई सारी मोमबत्तियां और दियासलाई भी समेट ली थीं। इस तरह से वो अपने आशियाने का एक दिन का किराया ले रहा था शायद। जो भी हो कियारा उस टुच्चे केतन से आज उतनी दूर नहीं थी जितनी आम तौर पर रहा करती थी। वो उस पर कुछ रहमदिल-सी हुई थी। शेरी अपने दोस्तों के साथ सड़क पर धूम मचा रहा था, और केतन अपने कमरे में चीज़ें छुपाने में व्यस्त था, तब कियारा उसकी चटाई पर आकर बैठ गई, उसने केतन से सीधा ही सवाल किया, 'दिवाली मनाने तुम अपने घर क्यों नहीं गए?'

केतन दारू में झूम रहा था, उसने साफ़-सुथरा सच कह दिया, 'घर जाने के पैसे नहीं थे मेरे पास।'

कियारा ने महसूस किया, इस वक़्त केतन झूठी डींगें हांकने की स्थिति से बाहर है, इसलिए उसने कुछेक सच और उगलवाने की कोशिश भी की, 'कहां है तुम्हारा घर?'

'कलकत्ता के पास है, हुगली जानती हो? वहीं किराये पर मेरे मां-बाप रहते हैं। वैसे अपनी ज़मीन और खेती-बाड़ी भी है मेरी, लेकिन वो सब बिहार में है।' केतन बोलता जा रहा था।

कियारा भेद लेती जा रही थी, 'ओह! तो तुम बिहारी हो?'

'अब तुम मुझे स्साला बिहारी बोलोगी ना, कियारा, मेरी प्यारी कियारा क्या बिहारी इनसान नहीं होते?'

'नहीं, ऐसी कोई बात नहीं! मैं गाली नहीं देती किसी को भी। अच्छा ये बताओ फिर तुम बंगाल कैसे पहुंचे?'

'मेरे बाबा नौकरी खोजते वहां पहुंचे थे, मज़दूर बन कर वहीं रह गए। फिर हम लोग एक-एक करके पैदा होते चले गए।'

'हम्म फिर, फिर दिल्ली कैसे आए? आइ मीन क्यों आना हुआ, कोई ख़ास वजह?'

'एक लम्बे जुगाड़ के चलते आ पहुंचा मैं यहां। बस समझ लो चरण धो कर पीता रहा कालरा साहब के और प्रसाद के रूप में दिल्ली आगमन मिल गया। क्या तुम विश्वास करोगी, एन.एस.डी. में हिन्दी पढ़ाने आया था मैं बिहारी, मुझे तो ख़ुद हिन्दी ढंग से नहीं आती उस पर से हिन्दी का टीचर बन गया। हा हा हा हा हा, सब कृपा है यहां के मठाधीश साहित्यकारों की।'

कियारा कुछ हैरान होकर बोली, 'लेकिन शेरी बता रहा था, तुम एक रायटर हो? तुम्हें तो कुछ ईनाम वगैरह भी मिले हैं! वो तो बड़ी इज़्ज़त करता है तुम्हारी।'

'तभी तो हंस रहा हूं इस दिल्ली पर, और इस इज़्ज़तअफ़ज़ाई पर भी। और हां, ईनामों में मिले रुपये-पैसों पर भी हंसी आती है मुझे। मुझे तो लगता है इस दिल्ली

की हिन्दी वालों की दुनिया एकदम ही अंधी-गूंगी और बहरी है।'

'हम्म।'

'ये हम्म क्या होता है?'

'कुछ नहीं। बड़ा अजीब लग रहा है ये सब सुनकर। चलो होता होगा गोरखधन्धा कुछ ना कुछ। छोड़ो, कुछ और बताओ अपने घर परिवार के बारे में?'

'क्या बताऊं? जो पूछो वही बताऊं! हम तीन भाई और एक बहन हैं, सब के सब पढ़ते हैं। बस मैं थोड़ी कमाई भी कर लेता हूं इन सारे जुगाड़ू ईनामों की बदौलत।। रुको मैं तुम्हें घर की कुछ फोटो दिखाता हूं।'

फिर वो फोटो खोजने लगा, 'कहां गईं, यहीं तो थीं सारी की सारी!'

कुछ देर और कुछ प्रयासों के बाद दस-बारह नई-पुरानी तस्वीरें केतन ने कियारा को दे दीं। कियारा उन्हें देखती रही, फिर अन्नू, शेरी का दोस्त अन्दर आ गया और कियारा और केतन दोनों से कहने लगा, 'चलो बाहर, यहां गरमी में क्यूं बैठे हो? चलो भई, शेरी तुम लोगों को बुला रहा है।'

कियारा ने अन्नू को मना कर दिया और ये भी कहकर भेजा कि शेरी से कहो, 'मुझे घर छोड़ दे, थक गई हूं बहुत अब।'

अन्नू के जाते ही केतन कियारा को रोकने लगा, 'मत जाओ कियारा, पहली बार आयी हो मेरे दड़बे में। ऐसे मत जाओ। बैठो मैं तुम्हें पंखा झल देता हूं। तुम थक गई हो ना, तुम सो जाओ। मैं वहां उस कोने में बैठा तुम्हें देखता रहूंगा। प्लीज़ आराम से रहो। जाओ मत! यहां तुम्हें कोई तक़लीफ़ नहीं होगी। रुक जाओ ना?'

'नहीं मुझे जाना है। डोन्ट वरी, आइ'ल कम अगेन।'

फिर कुछ देर बाद ये जमी हुई महफ़िल उठ गई, और सभी अपने-अपने घरों को चले गए। केतन अपनी चटाई पर उलट गया और कियारा अपने घर के ए.सी. कमरे में चैन से सो गई।

केतन फिर उसी ढर्रे को आगे बढ़ाता रहा। और तक़रीबन रोज़ाना, एक-सी तर्ज़

पर कियारा को फोन पर फोन करने लग गया। कियारा उसका फोन रिसीव करने से बचने लगी।

एक दिन कई रिंग के बाद कियारा ने ये मान कर कि केतन फिर किसी सख़्त ज़रूरत में होगा, फोन उठा ही लिया, 'हां बोलो केतन, क्या हुआ? कई कौल आयीं तुम्हारी?'

'अरे कुछ हो तभी फोन करूं क्या? तुम्हारी आवाज़ इतनी मीठी है, वही सुनने के लिए फोन लगाये पड़ा था तुम्हें।'

कियारा को अन्देशा हो गया था कि केतन फिर नशे में है, वो चुप रही और उसने फोन डिसकनेक्ट कर दिया।

केतन ने फिर लगाया, कियारा ने रिसीव नहीं किया।

केतन ने फिर-फिर लगाया, कियारा ने उठा लिया और बोली, 'कोई ख़ास बात है तो वो कहो, मैं बिज़ी हूं।'

'हां हां है, ख़ास बात है।'

'बोलो, क्या ख़ास बात है?'

'क्या तुम्हारे इर्द-गिर्द पेन कागज़ है?'

कियारा अपने घर के ख़ूबसूरत लौन में टहल रही थी, कागज़-क़लम का वहां क्या काम फिर भी उसने ये सोचा कि लगता है केतन फिर कोई कविता या शेर लिखने को कहेगा, उसने कहा, 'हां हां है, बोलो?'

'ज़रा उस पर लिखना के, टोकना मत बीच में। लिखा, के?'

'हां, लिख दिया के।'

'आगे लिखो ई?'

'ओके, ई।'

'अब लिखो टी?'

'क्या तुम्हारा नाम लिखना है केतन?'

'टोक दिया ना बीच में, लड़कियां इतनी अधीर क्यूं होतीं हैं भई?'

'ओह्हो! बड़ी लड़कियों की जानकारी है तुम्हारे पास?'

'लिखो ना कियारा, अब आगे लिखो? चलो अब टोक ही दिया है तो मेरा पूरा नाम लिख कर अन्डरलाइन कर दो।'

'क्यूं तुम्हारे नाम की हेडिंग में क्या है, क्यों लिखवा रहे हो ये सब?'

'बताता हूं, बताता हूं। अब नम्बर डालो एक?'

'ओके।'

'लिखो एक किलो मूंग की दाल?'

'अरे ये क्यों? ये दाल क्यों लिखवा रहे हो केतन?'

'तुम कितना टोकती हो जी? लिखती काहे नहीं हो चुपचाप?'

'ओके। एक किलो दाल।'

'उसमें ब्रैकेट बना के लिखो, बिना छिलके वाली।'

'ओके लिख दिया।'

'अब नम्बर दो डालो और लिखो दो किलो आटा।'

'ओके लिख दिया।' कियारा सिर्फ़ बोल रही थी, ना उसे कुछ लिखना था, ना ही वो लिख रही थी। लेकिन केतन बोले जा रहा था, और अपनी लिस्ट बढ़वाये जा रहा था।

'अब नम्बर तीन डालके लिखो, पांच रुपये की हल्दी।'

'ह्म्म, लिख दिया।'

'पांच रुपये का जीरा।'

'लिख लिया।'

'पांच रुपये की पिसी हुई धनिया।'

'ओके, लिख दिया।'

'पांच रुपये की पिसी लाल मिर्च।'

'हां लिख लिया।'

'पांच रुपये का गरम मसाला।'

'हां, पांच रुपये का गरम मसाला। ये भी पिसा हुआ ना?'

'हां, पिसा हुआ, बोला ना फिर टोका ना, तुमने?'

'नहीं, बेवजह नहीं टोका था मैंने। इस बार मसाले में पिसा हुआ नहीं बोला था।'

'तो अब बोल दिया ना, अब लिख लो?'

'हम्म! लिख लिया।' कियारा को इस नौटंकी में मज़ा आने लगा था गंभीरता दिखाकर, बताई हुई सब चीज़ें लिखने का नाटक करने में भी, कियारा आनंद ले रही थी। केतन संजीदगी से बोलता जा रहा था, 'बीस रुपये का कड़वा तेल भी लिख लो?'

'लिख लिया।'

'लिखो, दस रुपये का तेज पत्ता।'

'दस रुपये का तेज पत्ता! लेकिन इतना ज़्यादा तेज पत्ते का क्या करोगे? बाक़ी चीज़ें तो पांच-पांच रुपये की लिखवाईं थीं ना? फिर ये दस रुपये का क्यूं?'

'तुम फिर टोक दीं ना? कितना टोकती हो तुम, सीधा-सीधा लिखा नहीं जाता क्या तुमसे?'

'लिख तो रही हूं, लेकिन इतना ज़्यादा तेज पत्ता? क्या करोगे इसका? पूरा दस रुपये का? क्या बंगाल में तेज पत्ता ज़्यादा खाया जाता है, बताओ?'

केतन ने अबकी बार ज़ोर से कहा, 'हां खाया जाता है बस। ये तेज पत्ता हिन्दी वालों की बेतरतीब और बिना सिर-पांव वाली दुनिया की तरह है, कोई हिसाब, कोई तारतम्य नहीं जो क़ाबिल है, जिसे ज़रूरत हो उसे आने भर का नमक नहीं देते ये जाहिल लोग, और भरे-पूरे नालायकों पर सेर भर घी उड़ेल देते हैं।'

'क्या तुम भड़के हुए हो? हुआ क्या है? कुछ कहो तो?'

'अरे अब क्या बताऊं तुम्हें? वो साहित्य परिषद का नये लड़कों वाला अवॉर्ड था ना, वो उपेन्द्र को मिल गया। इतना ज़्यादा पैसा मिलता उससे, कम से कम साल-छह महीने तो आराम से गुज़र ही जाते लेकिन क्या कहूं अब? कालरा जी ने मुझे यक़ीन दिलाया था कि वो मुझे ही दिलायेंगे, पूरे बारा सौ पन्ने मैंने महज दो दिन में दिन रात एक करके कम्पोज़ किये थे, मेरी तो उंगलियां भी दर्द कर रही हैं अब तक, और तो और कालरा जी के घर का सारा काम-काज, पिछले आठ महीने से मैंने अपने सिर उठा रखा था सिर्फ़ इसी अवॉर्ड के लिए, लेकिन सब अकारथ गया।'

'चलो अब जाने भी दो, कोई और ईनाम-विनाम मिल जायेगा तुम्हें! क्या वो बहुत अच्छा लिखता है, क्या नाम बताया तुमने उसका?'

'हां अब क्या हो भी सकता है भला? तुम कह रहीं थीं ना, ये सब गोरखधन्धा समझ नहीं आता था तुम्हें, लो देखो अब, समझो ख़ूब हिन्दी वालों की दुनिया?'

'चलो आ जायेगा मेरी भी समझ में। छोड़ो ये सब, क्या लिस्ट पूरी हो गई तुम्हारी?'

केतन को फिर अपने उन सामानों का ख़याल आ गया, जो निबंध की तरह कियारा से लिखवा रहा था, उसने आगे बोलना शुरू कर दिया, 'अब चुपचाप आगे लिखो और लिखती जाओ, बिना रोके-टोके, समझीं!'

'बोलो, क्या लिखूं?' कियारा इस रोचक बातचीत को रोकना नहीं चाहती थी। उसे और मज़ा आने लगा इस रहस्य से भरी बातों में।

'लिखो, एक रज़ाई।'

'रज़ाई? ये रज़ाई कहां से आ गई बीच में? क्या रसोई का सामान पूरा हो गया? नमक तो लिखवाया नहीं तुमने?'

'नमक नहीं लिखना है, वो नहीं चाहिए। तुम वही लिखो प्यारी कियारा, जो मैं कहूं? ओके?' केतन फिर प्रेम से पुचकारने लगा।

'ओके!'

'रज़ाई हो गई। अब लिखो एक रज़ाई-कवर।'

'ओके! एक रज़ाई-कवर।'

'एक गद्दा डेनलप का।'

'ओके! लिख लिया एक गद्दा डेनलप का।'

'दो पिलो।'

'हां, दो किलो?' कियारा को मसखरी सूझी।

केतन संजीदा था, ज़ोर से बोला, 'दो पिलो।'

कियारा फिर मज़ाक करके बोली, 'हां हां दो किलो, लेकिन बताओ तो कि क्या दो किलो? दो किलो आटा तो बोला था शायद तुमने?'

केतन अब लगभग गरज कर बोला, 'दो किलो नहीं दो पिल्लो। मतलब दो तकिए।'

कियारा अपने मूड में थी। वो हंसी करने से बाज़ नहीं आ रही थी, 'अच्छा दो पिलो ओके! लिख लिया भाई, लेकिन अभी मैट्रेस और क्विल्ट तो नहीं बोला था। वहां तो रज़ाई-गद्दा कह रहे थे, फिर तकिया पिलो कैसे हो गया बोलो बोलो?'

'अच्छा अब ज़्यादा ज्ञान ना झाड़ो, आगे लिखो।'

'हां हां बोलो, मैं सीरियस होकर लिख रही हूं। बोलो अगली चीज़ क्या है?'

'कौन-सा नम्बर है अब, बताओ तो ज़रा तुम्हारे पन्ने पर, मेरी प्यारी कियारा, बोलो?'

कियारा एकदम-से सकपका गई, कैसी लिस्ट, कहां की नम्बरिंग, कौन-सा पर्चा वो हड़बड़ा के यूं ही बोल गई, 'सत्ताइस चीज़ें हो गई, मेरी लिस्ट में। तुम्हारी में कितनी हैं?'

'ठीक है, अब आगे लिखो।' केतन निश्चिंत भाव से बोला।

कियारा लम्बी सांस लेकर बोली, 'हां हां बोलो, मैं बहुत केयरफ़ुली लिख रही हूं।'

'दो तोषक भी लिख लो।'

'तोषक? ये तोषक क्या बला है केतन?'

'तुम तोषक नहीं जानती?'

'नहीं, मैं नहीं जानती।'

'अरे तोषक। वो जो बिस्तर और सोफ़े के किनारे रखते हैं।'

'बिस्तर और सोफ़े के किनारे रखते हैं? मैट रखते हैं? फ़ुटमैट रखते हैं! लेकिन ये तोषक क्या हुआ?'

'अरे मैट-वैट तो नीचे रखते हैं, तोषक तो ऊपर रखते हैं बिस्तर और सोफ़े के आया समझ में।'

'कहीं तुम्हारा मतलब कुशन से तो नहीं?'

'हां हां कुशन ही हुआ। ये भी लिख लो, दो चाहिये।'

'कितनी लम्बी लिस्ट हो रही है तुम्हारी, बस कि और कुछ?'

'ज़रा-सा चार सामान क्या लिखवाये, तुम तो परेशान ही हो गईं? चाहिए तो और भी बहुत कुछ था, लेकिन चलो जब तुम्हारी जान सूख रही है, तो बस इतना ही काफ़ी है। बस अब और कुछ नहीं। अब लिस्ट के नीचे लिखो इति।'

'ओके। लिख दिया इति।'

'अब ऐसा करो, इन सामानों को खरीद के मेरे पास पहुंचा दो। दरअसल इन चीज़ों की बेहद ज़रूरत है मुझे सैलरी मिली ही नहीं अब तक मुझे और ईनाम तो पहले ही खिसक गया है मेरे हाथ से। प्लीज़ इन्तज़ाम कर दो इन सारे सामानों का?'

'हां हां क्यों नहीं, ज़रूर ज़रूर आख़िर दोस्त ही दोस्त के काम आता है डोन्ट वरी आइ'ल सेन्ड यू औल दिस स्टफ़।'

'थैंक्यू वेरी मच। प्यारी कियारा थैंक्यू वेरी मच।'

'ओके, नाओ गुड नाइट, काफ़ी देर हो चुकी है, अब सो जाना चाहिए।'

'बाय।'

'प्यारी कियारा वेरी गुड नाइट बाय।'

कियारा ने फोन डिस्कनेक्ट किया और बड़बड़ाती हुई अपने कमरे में चली गई।

'प्यारी कियारा गुड नाइट बाय, माई फ़ुट्ट इनकी सैलरी नहीं मिली तो अब चलूं इनके लिए परचून की दुकान डफ़र कहीं का! रज़ाई खरीदूं इस मवाली, सड़कझाप रोमियो के लिए, जस्ट बुलशिट! हुंह।'

जब कई दिन तक केतन को कियारा और अपने मंगवाये हुए सामानों की कोई सुधबुध नहीं मिली, कोई हवा नहीं लगी तो वो एक दिन बिना किसी नोटिस के कियारा के घर फिर धमक गया। कियारा की आया घर में नहीं थी, वो घर के सामान लेने बाज़ार गई हुई थी, इसलिए कियारा केतन को लेकर सामने लोधी गार्डेन चली आयी। दोनों में मामूली बातचीत हुई, केतन अपने पुराने दुखड़े सुनाता रहा और हमेशा की तरह कियारा सुनती रही। केतन उसकी खूबसूरती की बेहिसाब तारीफ़ें करता रहा और कियारा उसे भी सुनती रही।

'अरे सामान ना सही कम से कम तुम खुद मुझसे मिलने तो आ सकती थी। सूरत ही देख लेता तुम्हारी तो चैन पड़ जाता मुझे। कियारा, क्यों नहीं मिली मुझसे? बताओ, बताओ ना?'

'देखो केतन एक बात सीरियसली समझ लो, मुझे बिना बताये मेरे घर धमकने वालों से सख़्त नफ़रत है और ऐसा तुम फ़र्स्ट टाइम नहीं कर रहे हो। मुझे तुम्हारी किसी बात का कोई जवाब नहीं देना है। नाओ प्लीज़ गेट आउट ऑफ़ माय हाउस।'

केतन उसे फिर भी बड़े प्यार से समझाता रहा, कियारा से यहां तक कहा, 'तुम मुझसे शादी कर लो, मैं तुम्हें बहुत खुश रखूंगा, देखो तुम्हारे मेरे दोनों के नाम में क अक्षर भी आता है, क से केतन और क से कियारा। जिन मियां-बीवी के नाम

के अक्षर मिलते हैं, उन्हें ज़िन्दगी भर कोई अलग नहीं कर सकता। हम लोग कभी अलग नहीं होंगे। हम दोनों की ख़ूब जमेगी। चलो मैं तुम्हारे डैडी से बात करने को तैयार हूं, वग़ैरह वग़ैरह।

कियारा अन्दर से बहुत नाराज़ हुई थी उसके बेहूदा प्रस्तावों को सुनकर। लेकिन ऊपर से संयत भाव से बोली, 'अब हमें चलना चाहिये, काफ़ी देर हो गई है।' और वो बिना केतन की ओर देखे उठ कर अपने घर की ओर चल भी दी और जाते-जाते दो हज़ार रुपये उसके पास रख गई, उस पर रहम करके। केतन मिनमिनाता रहा, गुनगुनाता रहा, लेकिन रुपये पाकर खुश हो गया।

कियारा इस बार काफ़ी नाराज़ हो गई थी, वो कुछ ही दिनों में शेरी से मिली और उसने बड़ी संजीदगी से केतन की शिक़ायतें उसके सामने रख दीं, 'लिसेन शेरी, मैं तुम्हारा खयाल करके उसे टौलेरेट करती जा रही हूं। डू यू नो, वो गन्दी नाली का कीड़ा बार-बार मेरे घर आता है, उसने एक बहुत लम्बी घर के सामानों की लिस्ट लिखवाई है मुझसे और यस, कैन यू इमैजिन, ही वान्टेड रज़ाई-पिलो-कुशन और मैट्रेस औल फ्रौम मी। माय गौड ही इज़ सच अ बिग बेगर, यू नो!'

'चिल बेबी, कूल आइ'ल टौक टू हिम जस्ट चिल।'

'शेरी वो मुझे समझता क्या है, मैं परचून की दुकान हूं, या मेरे यहां रज़ाई-गद्दा बिकता है। शिट दस रुपये का तेज पत्ता रबिश माय फ़ुट्ट। मैं सच कह रही हूं एक बार मुझे उस पर तरस आया था। बट इट्स टू मच नौन्सेन्स तुम्हीं ने इन्ट्रो कराया था उससे, कोई चलताऊ किस्म का रायटर-वायटर है, पैटी क्रीचर उफ़्फ़!'

'इट्स ओके, आइ'ल सी बी कम्फ़र्टेबल।'

'ओह यस, वन मोर थिंग अल्टीमेटली दैट बास्टर्ड प्रोपोस्ड मी।'

'रियली आइ डोन्ट बिलीव दिस।'

'गो ऐण्ड आस्क टू योर लवली रायटर फ्रेण्ड।'

और कियारा दनदनाती हुई शेरी के घर से चली गई।

शेरी ने भी साफ़ लफ़्ज़ों में केतन कियारा से दूरी बनाने की हिदायत दी। शेरी ने उसे भरपूर ये अहसास दिला दिया कि अगर कियारा के बाप तक उसकी ख़बर पहुंची तो उसका दिल्ली-प्रवास फ़ौरन ही ख़त्म हो जायेगा।

केतन को आभास हो गया कि अब अगर वो कियारा के आस-पास भी फटका तो लेने के देने पड़ जायेंगे। केतन को ये समझ ही नहीं आया कि उससे चूक कहां हो गई, रुपये-पैसे की जो मदद मिलनी थी, वो तो जो गई, सो गई ही, विलायती लड़की की दोस्ती भी खोनी पड़ गई।

शेरी के जाने के बाद केतन रात को खूब देसी ठर्रा चढ़ा कर ढाबे पर खाना खाने पहुंचा। अपनी रोनी सूरत लिए ढाबे वाले को अपनी कहानी सुनाई।

ढाबा वाला, ऐसे ही मरे-खपों का ही तो यार होता है। लगा प्रवचन देने, 'देख भाई, ये जो विलायत की पढ़ी छोकरियां होतीं हैं ना, ऐसे ही अजीब चीज़ होती हैं। इनसे तो ना दोस्ती भली, ना बैर। बस दूर से राम राम भली। कभी तो बड़ा लाड़ जतायेंगी दुलरायेंगी पास बिठायेंगी प्यार लुटायेंगी, कभी अईसे दुतकारेंगी जईसे के कुक्कुर। केतन भाई तुम तो सच कहूं की बच गए बस्स। यही समझ लो, अगर उस छोकरिया का बाप एक्को फोन लगाता ना इधर-उधर, थाना-कचहरी में। तुम तो समझ लो नप जाते लम्बा, बस प्रभू बचाय लिए हैं तुम्हें! अब मत जाना उस कमीनी की गल्ली, ठीक है? लेकिन केतन भाई एक बात बताओ, तुमको भी क्या पड़ी थी उससे आटा-चावल मांगने की, ये दस रुपइय्या का तेज पत्ता तो तुमका यहीं से मिल जाता, अरे हज़ार रुपये की उधारी थी, दस और चढ़ जाता बही में, क्यों?'

ढाबे वाले का रसोइय्या भी अपनी कहे बग़ैर कहां मानने वाला था, वो भी हाथ आए शागिर्द को नसीहत देने लगा, 'केतन भइय्या, गुरू जी ठीक कह रहे हैं, तुम बाल-बाल बच गए हो उस चुड़ैल से। अब दूरय रहो उस्से अरे जब लेना ही था तो कुछ ऊंचा झटकते। का हो गुरू जी, सच कहे कि नहीं हम?'

गुरू जी यानी ढाबा वाला, पर्याप्त बोल चुका था, धन्धे का वक़्त था, इसलिए

उसने केतन को सीट से एक तरह से उठा ही दिया, 'हां हां, ठीक है, ठीक है रोटी सेको तुम और ज्यादा परवचन ना पेलो समझे। टेबिल साफ करो, देखो गाहेक आ रहे हैं, बिठाओ उनका।'

केतन सब सुनता रहा, गुनता रहा, खाना खाकर उठा, पानी पिया, कुल्ला किया, खिसियानी बिल्ली सा मीं-मीं करता वापस अपने दड़बे में आकर, दो घूंट ठर्रा के चढ़ाकर, अंधेरे कोने को खोजकर, अपनी फटी हुई चटाई पर सो गया।

जनाज़ा

जनाज़ा आखिर एक लड़की का ही तो है। सिर्फ चौबीस साल, आठ महीने की लड़की और चार महीने का गर्भस्थ शिशु, कुल जमा पच्चीस बरस पूरे हो गए।

सिल्वर जुबली जनाज़ा!

प्रेम का, मोहब्बत का, आशिक़ी का जनाज़ा!

हरी हरी चादर में लिपटी अर्थी। हर कोई ख़ामोश, एकदम ख़ामोश।

ये लड़की अपने पेट में पल रहे चार महीने के बच्चे के साथ दफ़्न कर दी जायेगी।

हिन्दू होती तो जलाया न जाता, नदी में बहा देते, हरी चादर की जगह सफेद कफ़न होती।

कैसा निर्मम संसार है यह प्रेम का, कुंवारी माँ।

और माँ भी कहां, अभी मां कहने वाला तो पेट ही में था।

उसके सगे-सम्बन्धी यही लेखक-पाठक-कुल, यही सम्पादक-प्रेस मालिक-कुनबा और यही पढ़ने-पढ़ाने वाले मित्र शिक्षक शिक्षार्थी हैं, जो जनाज़े को कंधा दर कंधा देते आगे बढ़ रहे हैं।

दो नये ख़बरनवीस लेखक, पत्रकार किनारे होते-होते चाय की दुकान तक कट लिए और उन दोनों ने उसी तत्कालीन ज्वलंत मुद्दे पर रोज़ की तरह बातें शुरू कर दीं।

आज मुद्दा काफ़ी गरम था क्योंकि आज सुबह ही, एक कहानी हमेशा के लिए ठण्डी हो चुकी थी। इन नये लेखक/पत्रकारों को रोज़ाना बातचीत करने के लिए कोई ना कोई मुद्दा तो चाहिए ही था। जब कोई मुद्दा ना हो तो मौजूदा सरकार थी ही

गरियाने के लिए। उन्होंने स्वाभावतः आज फिर कुछ जिज्ञासाएं उठायीं और उन्हें शान्त भी किया, वैसे मामला एकदम खुला हुआ था और सबके सामने था। वार्ता का आगाज़ हुआ।

पहलाः 'देख रहे हो गुरू, आपन आफ़ताब के कारनामे?'

दूसरा: 'हां यार, अब तो टीवी में भी आय चुका है।'

पहला: 'लड़की बहुतई सज्जन थी यार।'

दूसराः 'बची नहीं आख़िर।'

पहला: 'तीन महीने तो ऊ कोमा में ही पड़ी रही बिचारी।'

दूसराः 'चार महीने का गर्भ था।'

पहलाः 'अउर साला उ, अवार्डओ पाय गया। कुक्कर को कुकरेती!!!!'

'हा हा हा हा'

दोनों हंस पड़े।

'हरामी कहीं का!'

दूसराः 'कोई जानता नईं क्या, चरित्तर साले का।'

पहलाः 'लड़की जिन्दा रही होती तो उ बताती।'

दूसराः 'कितना बेसरम आदमी है। घूमता कइसे तनकर हय।'

पहलाः 'नौटंकीबाज स्साला। सराफत देखी है, हरामजादा भासा कइसी मीठी-मीठी बोलत हय।'

दूसराः 'यही सब बोल-बाल के कविता बांच-बूंच के फंसाए हुई है।'

दूसराः 'लड़की नई रही सहर में, नादान रही, बुरी फंस गई कुत्ते के जाल में।'

पहलाः 'हां यार बड़े सदमे से तो आयी थी यहां मन लगाने दिल्ली।'

दूसराः 'स्साले ने खूब बढ़िया मन लगाया। मस्त।'

'हा हा हा हा।'

दोनों फिर ठहाका लगाते हैं। जनाज़ा दूर जा चुका है

लेकिन नज़रों से ओझल नहीं हुआ है अभी।

पहलाः 'कै बार ले गया होएगा।'

दूसराः 'दस-बीस बार तो जरूर जम के।'

पहलाः 'हिम्मती रही लड़किओ भी। मान्ना पड़ीगा।'

दूसराः 'अरे हरामी का लहजा नहीं देखो हो का तुम? कइसा मक्खन पालिस करता है। छोकरी कम उमर की रही अउर फंस गयी।'

पहलाः 'बड़े खानदान घर की सरीफ अउलाद रही। एकलउती रही। कैह नहीं पायी कछु।'

दूसराः 'साला हरामखोर पूरे बारह साल बड़ा है। जनावर कहीं का?'

पहलाः 'बच्चे का दर्द है हमको भी कसम से।'

दूसराः 'हाँऽऽऽ गोली खाने से पहिले लिखी रही बच्चे को बचा लीजेगा।'

पहलाः 'पत्थरदिल पसीजा नहीं तनिकओ।'

दूसराः 'पइदा करके करती भी का। सादी-बियाह तो ई करे से रहा।'

पहलाः 'कमसिन उमर रही ज़ज़बात में बह गयी बिचारी। मुहब्बत का परतीक। इसक की निसानी। इसकजादे।'

'हा हा हा हा।'

दोनों फिर ख़ूब ज़ोरों से हंसते हैं।

पहलाः 'हरामी भासण का दिये था, याद है तुमका कछु?'

दूसराः 'बोतल क्रश नहीं करता, गरीब के काम आयेगी इसीलिए।'

पहला ठहाका लगाके कहता है, 'कुत्ते की औलाद लौंडिया क्रश करता है सीधे।'

दूसराः 'गुरू बहुत सही बोले तुम।'

पहलाः 'कित्ती गोली खायी रही होएगी।'

दूसराः 'पता नही सायद पचीस-तीस। लड़कियन के हासटल में रहत रहीं, उ तो जमादारनी बखत पर पहुंच गयी थी वर्ना तो राम नाम सत उसी दिन हुइ गवा था।'

पहलाः 'चलो दुइ महीना बाद सही।'

पहलाः 'अरे आख़िरी रोज इतना कड़वा बोले है कि बीबी होती तोऊ खा लेती नींद की टिकिया, इ तो कुच्छौ नई रही।'

दूसराः 'अरे रही काहे नहीं, रखैल तो बना ही लेता।'

पहलाः 'बॉस सही फरमाया तुमने।'

दूसराः 'का कहिस रहा हरामखोर?'

पहलाः 'कहे था, दिल्ली में अपार्टमेंट बहुतेरे हंय, सबै में ढेर-ढेर मंजिल हैं कौने से भी बीस-तीस मंजिल चढ़िके कूद पड़ो सब ठीक होई जाई। आओ तुमक़ा कछु मसालेदार सुनाये हम? हरामखोर की हरमपन्ती सुनो जरा?'

पहला लेखक अपना मोबाइल-फोन निकालता है और एक रिकॉडेड-वार्तालाप सुनाता है।

आफ़ताब की आवाज़ से संवाद शुरू होता हैः 'कहां रहती हो मेरी रानी तुम? अपने प्रेमी को कोई ऐसे नहीं सताता।'

अब उसी शबनम की खनकदार आवाज़ गूंजती है, जिसका जनाज़ा अभी सामने से गुज़रा है और मुक़ाम तक भी नहीं पहुंचा है।

'आप क्यूं हमें फोन करते हैं बार-बार। एक बार भी सर से शिकायत कर दी ना, फिर आपकी बुद्धि एकदम ठीक हो जाएगी।'

'तुम्हारा यही भोलापन तो जान लेता है मेरी। और एक बात दिमाग में बैठा लो ढंग से, कि तुम्हारे सर मेरा कुछ नहीं उखाड़ सकते, अब इतनी हैसियत बची ही नहीं है उनकी।'

फिर खड़-खड़ करते आवाज़ आनी बंद हो गई।

पहलाः 'राम राम कितनी पीड़ा पहुंची होगी।'

दूसराः 'नहीं तो क्या, लड़की जात वइसनै नाजुक दिल होती हयं।'

पहलाः 'तुमका बहुत पता है लड़क़ी जात का नाज़ुक दिल, क्यों।?'

दूसराः 'ड्रामा न करो, कमरे में पहुंचो तो गुरू फिर झगड़ना चक्की वाले की मेहरिया से। हमसे छुपी नैइ ना तुम्हार सब प्रेम लीला।'

पहलाः 'अरे अरे धीमे बोलो मे। मरवाओगे का बीच बजार में।'

दूसराः 'चलो तुम्भी क्या याद करोगे माफ किया।'

दूसरा बड़े दार्शनिक अदाज़ में ठण्डी आह भरकर बोला, 'जवानी में मरने से बड़ा कोई गुनाह नहीं है यार। मरना है तो अपने यार पे मरो। ये क्या के ज़हर खाके गए। ये ठीक नहीं हुआ यार। कुछ भी कहो ठीक नहीं हुआ है यार।'

पहला उसके कन्धे पर हाथ रखते हुए ढांढस बंधाते हुए बोला, 'धीरज धरो मित्र। परमात्मा सब देखता है।'

दूसरा अपनी रौ में लौट आयाः 'साली सकलै से मासूम दिखती रहीं, तीन महीने से तो कोमा में पड़ी थी, मू सूख गया था एकदम्मै। बहुत याद आयेगी।'

पहलाः 'दो मुहा सांप है पूरा। कमीना।'

दूसराः 'सही बोले हो, करिया नाग साला, डस लिहिस अबला नारी को। बेचारी का कउनो दोस नई था।'

कुछ देर रूक कर फिर बोलाः 'जाने कहां से फंसाये होयेगा नादान छोकरिया को।'

पहला: 'अरे नहीं मालूम का। उ जो प्रेस के मालिक हैं ना, उन्हीं के घर मिला था, पहिली बार। हराम की अउलाद वहीं से फाँसे हय।'

दूसरा: 'कैसे यार। तुम सही में पक्के खबरची हो।'

पहलाः 'लड़की के लोकल गार्जियन मालिकै रहे, वहीं से ताड़े रहा।'

दूसरा:'कम उमिर लड़की को दूर भेजना ही पाप है साला। घर में कउन-कउन रहा उसके यहू बताये देओ।'

पहलाः 'कोई नहीं है जी। बताया तो अकेली औलाद रही। एकै भाई था, रहा नहीं। माई-बाप पहिलये मातम मनावत रहे।'

दूसराः 'देखो खूब जांच-परख के दाना फेंके होयेगा। जानवर है कि आदमी।'

पहलाः 'बहुत बड़ा पापी है यार मान्ना पड़ेगा।'

दूसराः 'लड़की का न सही, बच्चे की हाय ज़रूर लगेगी। बहुत भोगेगा नीच।'

पहलाः 'वह तो हॉस्टल वाले अच्छे रहे, प्रेस के मालिक भले रहे कि माई-बाप के पास बात नहीं पहुंचाये। अम्मा तो जीते-जी मर ही जाती वही टाइम।'

दूसराः 'अभी-अभी-अभी लड़के गमी हुई थी उस पर जवान लड़की चली गयी।'

पहलाः 'भगवान ये मालिक, वही सब देखता है।'

दूसराः 'लड़की निरच्छर नई थी, जाना नही चईए था। देखो जान से गई मूरख।'

पहलाः 'साला चिड़िया देख कर फांसे था। पढ़ै लिखै वाली रही, दुनियादारी से लेना-देना था नहीं, दिल्ली के हाव-हबड़ से दूर रहती थी, कौनो मार्केट-माल में कभईने नई दिखी।'

दूसराः 'एकदमै सही बोले हो यार। लड़की मासूम निकल गयी।'

पहलाः 'तबही तो जान से गई।'

दूसराः 'मालिक की लाड़ली थी, बिटिया बिटिया करता फिरता था।'

पहलाः 'मजा तो ई देखो, आफ़ताब की हरमपंती में रत्ती भर फरक नहीं आवा, राते अभइनै गुलजार हैं उसकी।'

दूसराः 'क्या सुद्ध खड़ी हिन्दी झाड़ता है स्साला। नाम से नफरत है उस कुत्ते के।'

पहलाः 'तुमका एक अंदर की बात बतायी। बनारस में जहां किराये के कमरे में रहत रहा, लड़कियन के हास्टल के बगलै में था।'

दूसरा बीच में रोककरः 'जान-बूझकर वहीं कमरा खोजे होयेगा।'

पहलाः 'काहे नहीं वहां भी, छोकरी तो छोकरी उसकी अम्मा को भी, ठोंक डालिस।'

दूसराः 'का बात कर रहे हो। तुमका के बताइस।'

पहलाः 'कौनो से कहना नहीं, खुदये बताये रहा हरामी, दारू पिये रहा दबा के वहीं भक्क से बोल गया।'

दूसराः 'पक्का हरामी है ये। अम्मा के संग भी . . . कलियुग में घोर कलियुगी जनम लिहिस हये।'

पहलाः 'वो तो जो हय सो हय। लड़की का दुख सच में पूरे स्टाफ को हिला गया।'

दूसराः 'हां यार बड़ी प्यारी थी। बड़ी अदा से शर्मा के कहती थी यशपाल जी नमस्ते।'

पहलाः 'पतली-पतली उंगलिया फिराती थी। नमिता को भी हाय बोलती थी। जबकि नमिता की कउनो से बन्ती नहीं पूरे स्टाप में।'

दूसराः 'ज्यादा अता-पता था नहीं। बस नामै जानते थे, पढ़ायी से वास्ता था, ईयही मालूम था सबको।'

पहलाः 'फिर भी बड़े-बूढ़ों का लिहाज जानत रही, मान्ना पड़ीगा।'

दूसराः 'सम्मानशुम्मान जानती थी, भली थी। अरे यार, संस्कारी थी, अच्छे भले घर खानदान की लाड़ली रही, पढ़े खातिर दिल्ली चली आयी थी। इहां जंजाल में फंस गयी।'

पहलाः लम्बी सांस भरकर, 'अब तो चली गयी।'

दूसराः 'कुत्ता एक्को बार भी देखने तक नई आया।'

पहलाः 'का मू लय के आता हरामी।'

इसी वाद-विवाद-वार्तालाप-संवाद के बीच एक तीसरा कुछ प्रौढ़-सा लेखक वहां प्रकट हुआ, तंबाकू चबाते लाल दांतों वाला यह भद्र पुरुष-साहित्यकार सम्भवतः तम्बाकू की खोज में इन श्रेष्ठक के बीच आ पहुंचाः 'तो तुम लोग यहां हो। अड्डेबाजी हो रही है क्यों?'

दोनों ने सम्मान दर्शाया।

दोनों खड़े हुए, चाय ऑर्डर की, बेंच खिसकाया और कथा-प्रवाह में दो से तीन का विस्तार हुआ।

इन तीसरे महोदय से, यह जानकारी मिली कि जनाज़ा अपने गन्तव्य को पहुंच चुका है। कब्र पर मिट्टी डाली जा रही है।

पहलाः 'अड्डेबाजी का करेंगे पण्डित जी, जो हो रहा है सब दिख रहा है न आपको।'

तीसरे ने बहुत लम्बी आह भरकर कहा, 'घोर कलियुग है भ्राता घोर कलियुग है।'

दूसराः 'परमात्मा सब देखता है।'

पहलाः 'पण्डित जी छोड़िये ये सब, प्रभु उसकी आत्मा को शांति दे, यही कहेंगे। जल्लाद के करम से दुनिया वाकिफ है, भगवान सब न्याय करेगा। और आप सुनाइये, क्या हुआ वाजपेयी जी का, प्रिन्टिंग में भेज रहे हैं कि नहीं।'

तीसराः 'देखो यह तो ऊपर से आया है, छपना तो है ही।'

पहलाः 'साहब आप चाहेंगे तो छपेगा, नहीं तो कबाड़खाने में बहुत जगह बाकी है अभी।'

दूसरा हां में हां मिलाता हुआ तुरन्त बोला, 'बिलकुल सही आप ही मालिक हैं बस, आप ही चाहेंगे तो छपेगा।'

तीसराः 'देखो बन्धू हमें ना चढ़ाओ सबेरे-सबेरे, खूब पता है हमें। पउवा चढ़ाने का बखत अभी नहीं हुआ है। सूरज डूबै दो तनिक, तब दांत चियारना।'

सूरज यानी कि आफ़ताब वो तो डूब चुका है।

आज शबनम का जनाज़ा निकला।

हर एक की ज़बान पर आफ़ताब के लिए गाली और शबनम के लिए दुआयें थीं।

ज़िन्दगी सजाने के लिए शबनम ने आफ़ताब का बढ़ाया हुआ हाथ, बड़े सलीके, बड़ी मुहब्बत से थामा था।

आफ़ताब यानी सूरज निकला, रौशनी बिखेरी उसने शबनम की ज़िन्दगी में।

शबनम यानी ओस।

ओस की बूंद ओस का कतरा सूख गया।

लेकिन, जहान भर के दिलों में शबनम के खूबसूरत अहसासात ज़िन्दा हैं।

वो नमी, वो ताज़गी, जिन्दा है, वो चमक, वो नूर रौशन है अभी भी।

लेकिन आफ़ताब नाम की रौशनी डूब चुकी है बेशक। आफ़ताब का नाम, पैदा होने से पहले ही मौत की गोद में सो जाने वाले बच्चे के साथ खुद भी, ख़त्म हो

गया। आफ़ताब के नाम पर कालिख खुद उसी के कुकर्मों ने पोत ली है।

शबनम की कब्र में मिट्टी पड़ने के साथ ही दूर आसमान में आफ़ताब डूबता दिखने लगा था।

दरअसल तो आफ़ताब नाम का वो कीड़ा अपने ज़मीर, अपनी सभी संवेदनाओं, समस्त भावों सहित अमानवीयता, ख़ुदगर्ज़ी और बुज़दिली की गर्त में पूरी तरह से धंस गया था, डूब चुका था।

ख़ाली तमंचा

'बेटा इतनी गुमसुम क्यूं लेटी हो? कुछ खाओ, पियो, स्कूल की बातें बताओ! देखो तो तुमने अभी तक स्कूल के कपड़े तक नहीं बदले?' मां की स्वाभाविक चिन्ता, बेटी को गुमसुम देखकर, छलकने लगी।

'कुछ नहीं मम्मी, बस ऐसे ही!' जिया का अनमना जवाब मिला तो मां बच्ची को मनाने लगी, 'तो मतलब, मेरी बिटिया अब बड़ी हो गई है, मेरी रानी बेटी क्लास सिक्स्थ में जो आ गई है। अपनी मम्मी से कुछ भी शेयर नहीं करेगी अब, क्यूं गुड़िया रानी मेरी, यही बात है ना?'

'मम्मी ऐसी बात नहीं। लेकिन?' जिया कुछ कहते-कहते चुप रह गई।

मां ने फिर टटोला, 'गुड़िया रानी, बोलो ना क्या हुआ? क्यूं चुपचाप पड़ी हो? कहो क्या बात है?'

जिया बिस्तर से उठकर बैठ गई, और दिल की परतें खोलनी शुरू कीं, 'मम्मी, पता है, आज भी मेरे स्कूल में लड़कियां फिर से वही बात कर रही थीं। क्या सच में पापा ने दूसरी शादी कर ली है? क्या सच में तुम घर छोड़ कर चली जाओगी? मम्मी पता है, आज विल्सन मैम और अनीता मैम वही जो पीछे वाली सड़क में रहती हैं वो भी इसी बारे में बात कर रही थीं। मम्मी वो लोग मुझे घूरती रहती हैं। बताओ ना मम्मी ये बात सच है ना? तभी पापा तुम्हें इतना मारते हैं! देखो तुम्हारी ये वाली चोट अभी तक ठीक नहीं हुई है अब तक। तुम मुझे भी छोड़कर चली जाओगी मम्मी?'

मां ने छोटी सी लड़की को आश्वस्त किया, 'ना ना बेटा, ऐसा कुछ नहीं है। मैं कहीं नहीं जा रही हूं। देखो यहीं तो तुम्हारे पास हूं। इसी घर में हूं मेरी लाड़ो। तुम्हारी टीचरें तुम्हें देख रही होंगी, क्योंकि तुमने उनका होमवर्क पूरा नहीं किया होगा? गुड़िया बेटा तुम पढ़ने में क्लास में मन लगाती हो ना, इसलिए वो लोग तुम्हें देख रही होंगी! तुम्हारी टीचरें भी और तुम्हारा स्कूल भी अच्छा है, इसलिए सबका ख़याल रखते हैं वो लोग। बस तुम भी अपनी लिखाई-पढ़ाई का ध्यान रखो। चलो अब उठो, बहुत बातें हो गई।'

ग्यारह साल की लड़की व्याकुल हो उठी थी, 'मम्मी अभी भी दर्द है ना कन्धे पर तुम्हारे? कितनी ज़ोर से लाठी से मारी थी पापा ने! तुम मुझसे मेरी सारी बात पूछ लेती हो, लेकिन जब मैं पूछती हूं, तो कुछ नहीं बताती?'

दूसरी औरत को घर लाने के लिए आतुर, पति की लगातार मार खाती, अभ्यस्त मां ने बेटी को फिर संभाला, 'कोई चोट नहीं है बेटी मेरी, ना कोई दर्द है। अरे पापा हैं वो तुम्हारे, गुस्से में तो कोई भी रहे, थोड़ी बहुत मारपीट हो ही जाती है? जब तुम शैतानी करती हो, पढ़ाई नहीं करती, तो क्या मैं तुम्हें नहीं मारती? जब कोई गलती करता है, तो मारना पड़ता है गुड्डो मेरी। अब बस करो बातें पूछना। जब से स्कूल से आयी हो, ऐसे ही पड़ी हो, बिना खाये-पिये। चलो स्कूल-ड्रेस बदलो, कुछ नाश्ता-पानी करो, और होमवर्क खोल कर बैठो। नहीं तो मैं ग़ुस्सा हो जाऊंगी और मार पड़ेगी फिर तुम्हें! आया समझ में? भइय्या भी आता ही होगा तुम्हारा? चलो उठो मेरी रानी।'

'ह्म्म, ठीक है मम्मी! तुम जो कहो मैं मानूंगी। बस तुम कहीं मत जाना, मेरी सबसे प्यारी मम्मी।' बच्ची बहल गई थी।

जिया बिस्तर से उठी और एक बार अपनी मां के गले लिपटी, उसका चोटिल कन्धा सहलाया, प्यार से चूमा, फिर बाथरूम की ओर चली गई।

उसके जाने के बाद उसकी मां फूट-फूट के पहले खूब रोयी, अपने ज़ब्त दिल को आंसुओं से धोया, कसैले हुए जी को हल्का किया, ताकि दोबारा बेटी के सामने

मज़बूती से अपनी तक़लीफ़ें छुपा सके, और फिर अपने आंचल से अपने आंसू पोंछे, उसके बाद जिया और जितेन्द्र के लिए खाने के इन्तज़ामों में लग गई।

कुछ देर में जितेन्द्र भी आ गया, जो बारहवीं में पढ़ता है, वो पड़ोस में रहने वाले, अपने एक पुराने और घरेलू दोस्त रवि के साथ घर में दाख़िल हुआ था।

'आंटी जी नमस्ते।' कहके रवि, जितेन्द्र के साथ उसी के कमरे में जाने लगा, उसी क्षण, जिया ने भी चहक कर, 'रवि भइय्या नमस्ते।' कहा।

रवि उसे 'अरे छुटकिया खुश रहो।' कह कर, गाल में चपत लगा कर रवि के संग हो लिया। मां ने सबको चाय-नाश्ता कराया और जिया बड़े भाई और रवि को स्कूल की, सहेलियों की, खेलकूद और इधर-उधर की ढेर सारी बातें बताने लगी।

थोड़ी देर बाद हमेशा की तरह जितेन्द्र अपने दोस्त के साथ शतरंज खेलने बैठ गया और जिया उन लोगों को छोड़कर, अपना स्कूली-बस्ता खोलने लगी। कॉपी-किताब उलटने-पलटने के बाद मां से बोली, 'मम्मी, मुझे दो रूलदार कॉपी और पांच चार्ट-पेपर चाहिये। साइंस का काम पूरा करना है। प्रोजेक्ट जमा करने की लास्ट-डेट परसों की ही है। कुछ पैसे दे दो, मैं बाज़ार से ले आती हूं।'

'तुम कहां जाओगी बाज़ार, जितेन ले आयेगा।'

'नहीं मम्मी. भइय्या से मत मंगाना, वो पिछली बार भी ग़लत कापी उठा लाया था। मैं खुद जाऊंगी, अच्छा उसी के साथ चली जाती हूं। ये ठीक है ना?'

'ठीक है। मैं सहेज देती हूं उसे।' फिर मां जितेन्द्र को आवाज़ लगाती है, 'जितेन, ओ जितेन। बेटा ज़रा सुनना तो?'

जितेन्द्र ने अपने कमरे से ही जवाब दिया, 'मम्मी बाज़ी लगी है, खेल पूरा करके आता हूं।'

जितेन्द्र की बात सुनकर जिया लपक कर भाई के कमरे में फिर पहुंच गई, देखा दोनों दोस्त मोहरों में आंखें गड़ाये बैठे हैं। जिया किनारे रखे काले-सफ़ेद मोहरों यानी की मारे गए ऊंट, हाथी, पैदल, और हां एक घोड़ा भी तत्काल ही आ गिरा, उनसे अपनी अलग बाज़ी बिछाने लगी। उसे खेलना आता था, लेकिन छोटा बच्चा

जानकर उसके साथ कोई खेलता ही नहीं था। फिर भी वो बहुत तल्लीनता और ख़ामोशी से दोनों की चालों को देखती और समझती रही।

रवि और जितेन्द्र किसी ना किसी छोटी-मोटी शर्त के साथ गेम खेलते थे। दोनों की दोस्ती भी स्कूल में इसी शतरंज के कारण ही हो गई थी। अक्सर स्कूल की प्रतियोगिता में ''फायनल मैच'' में वो दोनों ही आमने-सामने होते थे, और वो मैच निस्सन्देह, ''ड्रा'' क़रार दिया जाता था।

आज दोनों में लार्ज-पिज़्ज़े की शर्त लगी थी, जो जीतता दूसरे को पिज़्ज़े की दावत कराता। दोस्ती इस हद तक पक्की हो चुकी थी कि दोनों कभी-कभार अपने दोस्त के जेबखर्च का ख़याल करके ख़ुद ही हार जाया करते थे। आज जितेन्द्र जानबूझ कर, जल्दी ही हार गया, उसे याद आया कि उसके बाप के आने का टाइम हो रहा था।

मोहरें समेटते हुए जिया से बोला, 'क्या हुआ, अम्मा क्यों बुला रही थीं?'

'मुझे दो कापी और चार्टपेपर चाहिये, इसीलिए।'

'ठीक है, लिखकर दे दो क्या चाहिये, मैं रवि को छोड़ने जा रहा हूं, उधर से ही लेता आऊंगा।'

'नहीं भइय्या मैं भी चलूंगी। मैं अपने आप देखकर खरीद लूंगी। प्लीज़ मुझे भी ले चलो?' जिया ठिनठिनाने लगी।

'अच्छा जाओ, जल्दी से तैयार होकर बाहर आ जाओ, दो मिनट में आ गई तो ले चलूंगा, वरना तो मैं गया!'

'मैं एक मिनट में आ जाऊंगी, देख लेना।'

जितेन्द्र रवि को उसके घर छोड़कर जब बाहर आया तो जिया ने उत्सुकता से पूछा, 'भइय्या रवि भइय्या अपनी पैण्ट में क्या छुपा के ले गए थे? क्या वो भी सिगरेट पीते हैं?'

'कौन? रवि! नहीं कुछ तो नहीं छुपाया था उसने? क्या-क्या देख लेती हो तुम भी, शैतान लड़की!'

'अच्छा झूठ मुझसे! चलो पापा से बताती हूं?'

'ए लड़की पगला गई हो क्या। कहा ना, कुछ नहीं था! बड़े लोगों की बातों में छोटों को दख़ल नहीं देना चाहिए! समझी, चलो अब अपनी कापी-किताब खरीदो।' जितेन्द्र ने स्टेशनरी की दुकान के सामने अपनी साइकिल रोक दी।

जिया ने अपनी ज़रूरत की चीज़ें खरीदीं और फिर उन्हें जतन से संभालती जितेन्द्र की साइकिल के पीछे कैरियर पर आकर बैठ गई। उसने एक हाथ से जितेन्द्र को पकड़ा हुआ था और एक हाथ अपना पोलीथीन-पैकेट। जिया ने रास्ते में देखा था कि उसका भाई और रवि उससे कुछ छुपा रहे थे।

जिया ने अपने भाई को उसी मुद्दे के लिए कुरेदा, 'भाई बता दो ना, रवि भइय्या ने क्या छुपा रखा था, मैं किसी से नहीं कहूंगी। सच्ची नहीं कहूंगी।'

'अरे बेवकूफ़! क्यों बार-बार रट लगाये जा रही हो। ऐसा कोई हीरा-मोती नहीं छुपाया था उसने! तमंचा था। अपने गांव से लाया है गेंहू की बोरी में छुपाके। स्कूल में लड़ाई-झगड़ा होता रहता है ना, उसी के लिए लाया था। बता दिया, अब खुश मेरी दादी अम्मा! किसी से कहना मत समझ आया ना तुमको! नहीं मैं वो झापड़ लगाऊंगा तुम्हें कि याद करोगी, समझीं!'

'नहीं-नहीं भइय्या! मैं कभी किसी को नहीं बताऊंगी! सच में नहीं बताऊंगी!'

घर आने में कुछ ही दूरी रह गई तो जिया ने बहुत धीरे से एक बार फिर जितेन्द्र से कहा, 'भइय्या, एक बात कहूं?'

'कहो जिया!'

'भइय्या, रवि भइय्या से कहो ना कि वो एक तमंचा मम्मी को भी दे दे! देखो पापा उन्हें कितना मारते हैं. उन्हें कितना दर्द होता होगा सोचो।'

'इसी लिए मैं तुम्हें कोई बात नहीं बताता अब तमंचे का सुन लिया तो बस, अब उसी का जाप करेगी हर घड़ी। ख़बरदार जो दुबारा उसका नाम भी लिया टांगें तोड़ के रख दूंगा तुम्हारी। समझी।' जितेन्द्र ने तेज़ आवाज़ में कहा।

इतनी डांट सुनते-सुनते, घर आ गया था। जिया एकदम चुप्प थी।

जिया का बाप आ चुका था, क्योंकि घर के भीतर क़दम रखते ही उसने देखा, हमेशा की तरह खूब मार खाई हुई मां ज़मीन पर पड़ी रो रही थी, उसके मुंह और कान से खून निकल रहा था। उसका पूरा चेहरा सूज गया था। और जिया का बाप खूब गालियां बक रहा था, और उसकी मां पर चीखे जा रहा था। वो तुरन्त अपना थैला एक तरफ फेंक कर अपनी मां से लिपट गई।

जिया खूब ज़ोर-ज़ोर रोने लगी, तब कहीं जाकर उसका बाप शान्त हुआ और दूसरे कमरे में चला गया। जितेन्द्र इन सारे दृश्यों का इतना अभ्यस्त हो चुका था कि वो किसी से कुछ ना बोल कर सीधा अपने कमरे में गया, और सर झुका कर बैठ गया। जितेन्द्र अपनी बाप के ऊपर एक ना चलने वाली विवशता से भी वाक़िफ़ था। वो अपने बाप से वैसे भी बीते हुए दिनों में कई बार मां-बाप के आपसी मामले में टांग अड़ाने के जुर्म में बल भर मार खा चुका था। इसलिए अब वो, ये सब देख सुन कर भी शान्त रहने में ही अपनी बेहतरी समझता था।

जिया की मां कुछ देर बाद उठी, उसने रात का खाना बनाया, सबको खिलाया। दोनों बाप-बेटे ने खाया भी पेट भर। लेकिन जिया सुबकती रही, उसके हलक़ से कुछ भी नीचे नहीं उतरा।

मां भी भूखी सोने चली गई। उससे तो किसी ने खाने को कहा भी नहीं। देर रात जिया के बाप के कमरे से फिर तेज़ आवाज़ें आती रहीं। मां मार खाती रही, और अपने बचे हुए शरीर का भोजन उस जानवर को कराती रही।

सवेरे मां ने नियमत: फिर टिफ़िन बनाकर जिया और जितेन्द्र को दिया, दोनों को संवार कर स्कूल भी भेजा। और जिया कल ही की तरह आज भी बिना खाये, टिफ़िन लौटाकर ले आई।

उस बदनसीब घर की दिनचर्या पिछले कुछ सालों से ऐसी ही अनवरत चल रही थी।

०००

एक दिन, ठीक छह सालों बाद, जिया एक किताब की दुकान से बाहर निकल रही थी, ठीक उसी वक़्त, उसे किसी आदमी ने रोका, 'तुम जिया हो ना, पहचाना?'

जिया ने फ़ौरन ही पहचान लिया, 'हां और आप रवि भइय्या है ना!'

रवि को जिया के घर में हुई हरेक होनी की ख़बर थी। उसने स्नेह से जिया से बातें कीं, 'कितनी बड़ी हो गई हो? कौन सी क्लास में आई छुटकी तुम?'

'हुंह। अब मैं छुटकी नहीं बड़ी हूं। पता है बारहवीं में पढ़ने लगी हूं। अपने क्लास और हाउस की मौनीटर भी हूं। हल्के में मत लीजिये रवि भइय्या अब मुझे! यहां किताब लेने ही तो आयी थी।'

'अच्छा भई ठीक है। बड़की, अब बोलो, कहां हो तुम लोग? आंटी कहां हैं? चलो मुझे उनसे अभी मिलना है।'

'चलिए! मम्मी तो अब ट्यूशन भी पढ़ाती हैं। हम लोग तो अब किराये पर रहने लगे हैं रवि भइय्या।'

रवि जिया को स्कूटर में बिठा कर उसके बताये रास्ते पर चलने लगा। रास्ते भर गुज़रे हुए छह सालों की पूरी बखिया खुलती गई। रवि की बड़ी बहन रीता दीदी की शादी हो गयी थी, छोटा भाई दसवीं पास कर चुका था। मोहल्ले का चित्र भी काफ़ी-कुछ बदल गया था। जितेन्द्र जो अब भी अपने बाप के बड़े मकान में, दूसरी मां के साथ रहता था, जिया और अपनी मां के साथ वो नहीं आया था। बातचीत के दौरान रवि ने ही बताया कि उससे रवि का मिलना पहले से बहुत कम हो चुका था।

छोटी और ऊबड़-खाबड़ दो-तीन गलियों को पार करके रवि जिया की मां के बेहद ही निम्न दर्ज़े के किराये के मकान पहुंचा। दरअसल ये किसी का सर्वेंट-क्वार्टर था। इस कमरे की टपकती छत भी टिन की बनी थी। रवि बड़े स्नेह से जिया की मां से मिला। घण्टे-दो-घण्टे बैठकर, घर-परिवार के तमाम किस्से ज़ेहन

में ताज़ा करके, किसी भी ज़रूरत पर उसे ज़रूर याद किया जाये, ऐसा वादा लेकर उसने रुख़सत ली।

रवि के जाने के बाद जिया, बहुत देर तक रवि भइय्या के बारे में सोचती रही। पूरे छह साल बाद उसने अपने प्रिय भइय्या को देखा था, उनसे बातें की थीं। वो बहुत खुश और संतुष्ट थी। उसे लग रहा था, कि जैसे बरसों की प्रतीक्षा आज पूरी हो गई। जैसे वो पल आज उसकी देहरी तक चल कर खुद आ गया है, जिसका उसे इन्तज़ार था, जिसकी उसे तलाश थी। उसे अपने सगे भाई जितेन्द्र का भी ख़्याल आया जो पिता की मार खाकर उसी के घर रह गया था। जिस दिन मां को उसके बाप ने खूब जमके पीटा था, उसी दिन उन्हें घर से निकाल कर, सड़क पर भी ढकेल दिया था। जितेन्द्र पिटती हुई मां को बचाने की कोशिश कर रहा था, लेकिन उसे भी उसके बाप ने ज़ोरदार तमाचे, घूंसे और थप्पड़ रसीद किये हुए थे। मोहल्ले वालों के सामने अपनी इस कस के हुई धुनाई को देखकर, शर्म से सिर झुकाये, वो रोता-पीटता घर के भीतर चला आया था। लेकिन जिया को उसकी मां से बाप की मार-डांट, गालियां-धमकियां कुछ भी अलग नहीं कर सकीं थीं। उस रात वो दोनों दर्द से कराहती घर के बाहर बरसात में पड़ी भीगती रहीं। मियां-बीवी के मामले में कोई भी अड़ोसी-पड़ोसी बीच में नहीं आया था। ये सब जिया के दिमाग़ में घूमता रहा और वो रवि के दोबारा आने के ख़यालों को दिल में पालती हुई उस रात सो गयी।

कुछ दिनों बाद रवि का फिर उस उजड़े चमन में आना हुआ। मां ट्यूशन के बच्चों को पढ़ा चुकी थी, और वो लोग अपना कापी-बस्ता समेटकर, अपने-अपने घर जाने की तैयारी कर रहे थे। आज जिया ने चहकते हुए, रवि से कहा, ‘रवि भइय्या, क्या आप अब भी शतरंज खेलते हैं?’

‘हां हां छुटकी, खेल लेता हूं, कभी-कभार जब वक़्त निकलता है। क्यों बोलो, क्या हुआ?’

‘क्या मेरे संग खेलेंगे भइय्या आप?’

‘अरे छुटकी तुम अब भी उत्ती ही शैतान हो। भूली नहीं शतरंज का गेम अच्छा,

क्या चेस है तुम्हारे पास?'

'हां भइय्या है ना निकालती हूं।'

जिया गंभीरता से अपना चेसबोर्ड ले आयी और मोहरें सजाने लगी। जिया की मां ने रवि से कहा, 'पता नहीं कब ख़रीद लाई है ये चेस। तुम दोनों भाईयों ने ही इसे ये लत लगाई थी। अब देखो, इसके दिमाग़ में हाथी-घोड़े दौड़ते रहते हैं।'

जिया की मां, इतना कहकर सामने ही बैठे-बैठे बच्चों की कापियां जांचने लगी।

जब सारी मोहरें सज गयीं तो जिया ने पहली चाल चलने से पहले, खेल शुरू करने से पहले रवि से कहा, 'रवि भइय्या पहले शर्त तो लगाइये! बताइये अगर हार गए तो क्या देंगे आप मुझे?'

रवि उसकी बात सुनकर थोड़ा हैरान हुआ, बोला, 'अरे छुटकी, तुम बिना शर्त के जो चाहो मांग लो, चेस की क्या ज़रूरत भला?'

'नहीं, मुझे तो शर्त जीतकर ही कुछ लेना है।'

'क्या लेना है भाई? बोलो भी!'

'अगर जीत गई तो जो कहूंगी, आपको मुझे देना पड़ेगा!'

'पक्का! हार गया तो भी, जीत गया तो भी। ठीक है ना?'

'नहीं! अगर मैं जीती तभी मुझे कुछ चाहिये, जो आपको देना ही पड़ेगा, ओके, प्रौमिस ना?'

'हां पक्का प्रौमिस।'

जिया पहली चाल चलने ही वाली थी कि मां ने टोक दिया, 'क्या है ये सब? क्या चाहिए तुम्हें भला? मुझसे कहो? रवि तुम इसकी आदत मत बिगाड़ो। पता नहीं क्या दिमाग भिड़ाती रहती है ये ज़िद्दी लड़की।'

'मम्मी ये हम भाई-बहन का मामला है, प्लीज़ तुम बीच में ना आओ। प्लीज़ मम्मी!'

'आंटी जी, मैं देख लूंगा इस छुटकिया को! आप नाहक परेशान ना हों।'

दोनों में खेल शुरू हुआ। रवि की उत्कंठा बड़ी प्रबल थी कि ''आख़िर इस लड़की को मुझसे क्या चाहिये?''

वो हर हाल में हारना चाहता था। लेकिन बेशक़ जिया की जानकारी में नहीं।

उसने अपने प्रयासों से खेल शुरू होने के महज़ दस-पन्द्रह मिनट बाद ही अपना एक हाथी, दोनों ऊंट और पांच पैदल मरवा लिए।

कुछ ही मिनटों के बाद उसने अपने वज़ीर को भी हाथ से जाने दिया।

घोड़े की चालें चलने से रवि वैसे भी परहेज़ कर रहा था, क्योंकि घोड़ा वो मोहरा था, जिसे रवि सबसे ज़्यादा पसंद करता था, और उसकी चालों का वो उस्ताद भी था।

अगली चन्द चालों में जिया ने हाथी के ज़ोर से वज़ीर को रवि के राजा के ठीक बगल रखा और शह दी। राजा के पास कोई घर नहीं बचा था। ये शह, मात थी।

जिज्ञासाओं के झूले में बैठे रवि की लम्बी-लम्बी पेंगों को विराम मिला, उसने तड़ से पूछा, 'अब बताओ, क्या चाहिए तुम्हें?'

मोहरें समेटती हुई, जिया ने बड़े आराम और खुशी से चमकते हुए कहा, 'बताती हूं भाई बताती हूं, औब्वियसिली मुझे पिज़्ज़ा और चाओमीन नहीं चाहिये!'

'ठीक है छुटकी जल्दी बताओ, मुझे घर भी जाना है अब!'

'ठीक है, चलिए, मुझे भी बहुत जल्दी है। आइये मैं आपको बाहर, आपकी स्कूटर तक छोड़ देती हूं।'

कमरे से बाहर आते ही फ़ौरन जिया ने कहा, 'आपको पता है ना, आप शर्त हार गए हैं, अब आप मना नहीं कर सकते हैं!'

'हां मुझे पता है, मैं शर्त हार गया हूं। अच्छा खेलने लगी हो तुम। लेकिन पता तो चले, चाहिए क्या तुम्हें। बताओ तो?'

'आप ना नहीं कहेंगे ना?'

'बिल्कुल नहीं! शर्त जो हारा हूं। कह कर तो देखो!' रवि की बेचैनी कगार तक आ गई थी।

'पक्का ना?'

'हां भई हां!'

'ठीक है, जब आप इतना भरोसा दिला रहे हैं तो मैं अब कहे देती हूं। रवि भइय्या मुझे वो तमंचा दे दीजिये, जो आपने अपने घर में गेहूं की बोरी में छुपा रखा है, जो आप गांव से गल्ले के साथ लाये थे प्लीज़!'

जिया की बात सुनकर रवि सन्नाटे में आ गया। वो बड़ा हैरान हुआ। वो चुप खड़ा कई मिनट तक केवल सोचता रहा, फिर संयत भाव से बोला, 'तमंचा। तुम्हें किसने बताया कि तमंचा है मेरे पास?' फिर कुछ रुककर बोला, 'ओहो, तो तुम्हें जितेन ने बताया होगा ना? याददाश्त बड़ी तेज़ है भई तुम्हारी।'

'ये सब छोड़िये, बताइये तमंचा देंगे या नहीं मुझे?'

'क्या ज़रूरत आन पड़ी तुम्हें तमंचे की?'

'ज़रूरत है तभी तो मांग रही हूं। नहीं देना चाहते, शर्त हार गए हैं आप, याद है ना आपको। अपनी बात से फिर जायेंगे, मैं ये ही समझ लूं?'

'देखो जिया बताओ मुझे, मुझसे कहो। मैं देख लूंगा। ठीक है जितेन्द्र नहीं है, मैं तो हूं। बड़ा भाई हूं तुम्हारा। कहो कोई तंग कर रहा है क्या तुम्हें?'

'मुझे कोई कैसे तंग करेगा, ऐसा कुछ होता तो मां से कह देती, मैं ख़ुद ही ना देख लेती? ऐसी कोई भी बात नहीं।'

'फिर क्या? मकान-मालिक ने परेशान किया तुम लोगों को?'

'ओफ़्फोह, कोई मकान-मालिक कैसे परेशान करेगा, जबकि उसे टाइम पर पूरा किराया मिलता हो। ऐसा सब कुछ नहीं रवि भइय्या। आप तो बस ये बताईये कि मुझे तमंचा देंगे या नहीं?'

'जब गेम हारा हूं, तो देना ही है। अगली बार लेता आऊंगा।'

'ठीक है, मैं इन्तज़ार करूंगी। नमस्ते रवि भइय्या।'

जिया इतना कहकर अन्दर चली गई।

रवि जिया की फ़रमाइश सुनकर कई सारे सवालों से घिर गया था। धीरे-धीरे

करके रवि को जिया के अचानक, शतरंज की बाज़ी बिछाने और शर्त लगाने की सारी बात का मर्म समझ आ गया था। रवि के सामने, उस छोटी सी लड़की के भीतर पलते, बढ़ते और अब मजबूत हो चुके विद्रोह की सारी कहानी साफ़ हो गई थी। जिया का जन्म जब हुआ था, तब रवि और जितेन्द्र छोटे-छोटे लड़के थे। जितेन्द्र से ज़्यादा उस वक़्त रवि ख़ुश हुआ था, क्योंकि उसे छोटी-बहन का बेहद चाव था, और उसके अपने घर कोई छोटी बहन नहीं थी, इस नाते रवि का जिया के लिए गहरा लगाव भी था। आज जिया की इन बड़ी बातों, इस पके हुए क्रोध और बदला लेने वाले ख़ौफ़नाक़ विचार को जानकर रवि बहुत चिन्तित हो गया था। वो रास्ते भर गम्भीरता से सोचता-विचारता चला जा रहा था। वो उस बेवकूफ़ लड़की को तमंचा थमाना हर्गिज़ नहीं चाहता था। लेकिन उससे 'ना' कहना भी उसे गवारा ना था। बच्ची का विश्वास कैसे तोड़ दे, इसलिए उसने एक तरीका सोच लिया और उसी हफ़्ते फिर जिया के पास पहुंचा।

जिया उसे देखकर खुश तो बहुत हुई फिर भी एक संशय दिमाग़ में था, 'ना जाने रवि भइय्या आज तमंचा लाये हैं भी या नहीं।'

मां पड़ोस के कीर्तन में गई थी। जिया ने रवि को देखते ही पूछा, 'रवि भइय्या ले आये? दे देंगे आज मुझे?'

'लाया भी हूं, और दे भी दूंगा। मैं इसे देने के लिए ही लाया हूं। लेकिन जिया तुम बताओगी नहीं ना कि क्यों चाहिये?'

'नहीं! मैं नहीं बताऊंगी? ये तो आपको ख़ुद समझना चाहिए कि क्यों चाहिए मुझे तमंचा।'

'नहीं, मुझे समझ नहीं आ रहा, तुम ही बताओ?'

'रहने दीजिये, क्या करेंगे समझ के और समझा के! लाइये तमंचा मुझे दे दीजिये। मेरा काम हो जायेगा, तो लौटा दूंगी फिर आपको!'

रवि ने अपनी पैन्ट में खोंसे हुए तमंचे वाली पौलीथीन को बाहर निकाला और जिया को दे दिया।

जिया उसे देखकर इतनी ज़्यादा ख़ुश हुई, जिसका कि वर्णन कठिन है। लेकिन उसकी ये ख़ुशी पल भर में ही विलुप्त होने लगीं, वो तमंचे को पैकेट से निकाल कर उलट-पलट कर देखने लगी। जब उसने देखा तमंचा खाली है और उसके साथ एक भी गोली नहीं है, तो उसने रवि से पूछा, 'भइय्या इसकी गोलियां कहां हैं?'

'गोली! गोली का क्या करोगी? हमारी शर्त तो केवल तमंचे की लगी थी, जिसे मैं हार गया था। उस वक़्त गोली की बात तो तुमने नहीं की थी।'

जिया ने गुस्से में तमतमाते हुए, तमंचा रवि के सामने फेंक दिया। वो क़रीब-क़रीब चीखते हुए बोली, 'बिना स्याही की इस पेन की मुझे कोई ज़रूरत नहीं, ले जाइये इसे!'

रवि ने बहुत हल्की सी मुस्कुराहट के साथ तमंचा उठा लिया और घर से बाहर निकल गया।

जिया पैर पटकते हुए पीछे-पीछे आयी, फिर चिल्लाई, 'कैसे मज़े से मुस्कुरा रहे हैं। जाइये मैं आपसे ज़िन्दग़ी में अब कभी बात नहीं करूंगी?'

रवि अपनी स्कूटर के पास रुक कर बोला, 'मैं मुस्कुरा नहीं रहा, तुम्हारे बारे में सोच रहा हूं।'

'चेस हार कर भी मुझे तमंचा नहीं दिया। ऊपर से अब मेरे बारे में सोच-सोच के हंस रहे हैं। रवि भैय्या आप कितने बेईमान हो गए हैं? पहले आप कितने अच्छे थे, हुंह!'

'चेस हारा था तभी तो तमंचा लाया था। तुमने शर्त जिसकी लगाई, वो देखो मैं ले आया। जो तुमने शर्त में मांगा ही नहीं, वो भला मैं तुम्हें कैसे दे सकता हूं? रही बात हंसने की तो तुम जैसी पढ़ने में इतनी होशियार लड़की, जो ख़ाली तमंचे को बिना स्याही का पेन कहती है, तुम्हारे इस जुमले पर हंसी आ गई मुझे। तुम जैसी इतनी प्यारी छुटकी को, तमंचा चाहिए ये सोच कर हंस रहा हूं मैं!'

जिया कुछ मिनट ख़ामोश रही। रवि ने उसे चुप देखकर आगे कहा, 'तुम्हारा पेन

ही तुम्हारा तमंचा है जिया, उसे ही थामे रहो मज़बूती से, वही तुम्हें तुम्हारा बदला दिला देगा, अंकल जी से नाराज़ हो ना! जान गया हूं, लेकिन उनसे निपटने के लिए ये तरीक़ा ठीक नहीं है तुम्हारा।'

जिया अब अपने तेवर में आ गई और धारा-प्रवाह शुरू हो गई, 'आपने मेरी मां को मार खाते नहीं देखा, उन्हें रोते-चीखते नहीं देखा, खून बहाते नहीं देखा, जलते-मरते खाना पकाते और मर मरके उस आदमी को खिलाते नहीं देखा। उसकी यातनायें नहीं देखीं, उसकी कमीनगी, उसका दुर्व्यवहार नहीं देखा। इस लिए आप ये सब बातें कह रहे हैं! मेरी मां के घर में वो दूसरी औरत आराम से मेरे अपने सगे बाप के साथ ऐश कर रही है, आपके पास तो पहले से ही तमंचा था, ख़ाली भी नहीं था। आपको तो चाहिए था इस तमंचे की सारी गोलियां उस राक्षस पर ख़ुद ही उतार देते, लेकिन आप दोनों से ये ना हुआ। आप भाइयों में से किसी ने ऐसा नहीं किया, ऊपर से मुझे लेक्चर सुना रहे हैं? आप किसी काम के नहीं हैं रवि जी! अब आप को भइय्या कहने का जी नहीं, आप जैसे लोग को मैं देखना भी नहीं चाहती। चले जाइये यहां से!'

रवि जिया का उबाल, उसका क्रोध, उसकी तीव्रता मद्धिम करना चाहता था, एक बेहद हितैषी बड़े भाई की ही तरह। उसने जिया को बचपन से घण्टों-घण्टों गोद खिलाता था। आज उसी नन्हीं सी बच्ची को समझाने का अथक प्रयास कर रहा था, 'सुनो, मेरी गुड़िया, मेरी छुटकी, मेरी बात सुनो। तुम्हारा सारा ग़ुस्सा एकदम सही है। तुम्हारी हर डांट मेरे सर-माथे पर, जो अकंलजी ने किया, ग़लत किया। बहुत ग़लत किया, बल्कि मैं तो कहूंगा सबसे ग़लत तुम्हारे साथ किया, लेकिन फिर भी ये तमंचा या इसकी गोलियां उसका इलाज नहीं बेटा, तुम मुझे आज से नहीं जानती, कुछ तो विश्वास करो मेरा! ये सब बेकार की चीज़ें उसका इलाज हर्गिज़ नहीं, उसका इलाज जानती हो क्या है?'

जिया ने ज़ोर से, ऐंठकर पूछा, 'क्या है?'

'यही तेवर हैं तुम्हारे, लेकिन इन क़ीमती तेवरों को तमंचे और गोलियों जैसी रद्दी चीज़ों पर ख़र्च मत करो, इन्हें संभाल कर रखो और अपनी पढ़ाई-लिखाई पर ख़र्च करो, हाईस्कूल में तुमने अच्छी रैंक हासिल की थी, मैंने अख़बार में पढ़ा था। अब वही रैंक इण्टर फ़ाइनल में लाओ। कुछ बन के दिखाओ, अपनी मां का सर ऊंचा करो, अपने पैर पर शान से खड़ी हो जाओ, और मां का सबसे बड़ा सहारा बनो, देखना जिससे तुम बदला लेना चाहती हो, कितना शानदार और जानदार बदला ले सकोगी। ऐसी सुन्दर शौहरत कमाओ मेरी नन्हीं सी गुड़िया, की वो तुम्हें और तुम्हारी मां को देखने को तरस जाये, तुम बहुत प्यारी लड़की हो। ये सब उल्लूपंती छोड़ दो, और सिर्फ़ कुछ शानदार बनकर दिखाओ, जिया मेरी बात समझ रही हो ना।'

जिया चुपचाप रवि की आंखों को देखती रही, उसकी बातें सुनती रही, ढेर सारे अर्थ खोजती रही, उन अर्थों के भेद समझती रही। बचपन से लेकर आज तक जिस क्रोध को उसने पाल-पोस के बड़ा किया था, वो आज न जाने क्यों अपना असर खो रहा था। रवि के सिवा कोई भी जिया को समझाता तो शायद जिया कभी ना सुनती। अगर सुन भी लेती तो किसी भी और की बात नहीं मानती। उसका रवि को लेकर एक लगाव था और उसी लगाव के चलते वो रवि को सुन-समझ रही थी। रवि के लिए जिया की एक बेहद आत्मीय ज़िम्मेदारी थी, जिसे वो अपनी हरसम्भव कोशिशों के साथ पूरी करने का फ़ैसला लेकर आया था। रवि बोलता रहा, 'देखो, तुम्हारी पढ़ाई-लिखाई की सही दिशा ही तुम्हारा शस्त्र है। और तुम्हें अपनी मां के संग हुई ज़्यादतियों के लिए गुस्सा है ना! अगर वो तुम्हें किसी बुरी दशा में देखेंगी तब उन पर क्या गुज़रेगी? ये सोचा है तुमने एक भी बार, बताओ तो ज़रा? ये तमंचा तो बुरी बला है, बुरी गत बना देगा तुम्हारी, ग़लत दिशा बहा ले जायेगा तुम्हें, समझ आ रही है मेरी बात?'

जिया का क्रोध आता जाता रहा। इतनी देर बाद जिया, शान्त होकर बोली, 'जी भइय्या समझ रही हूं।'

'हम्म, ख़ूब मन से पढ़ो-लिखो। बड़ी चीज़ बनो, बड़ा और सुन्दर नाम कमाओ।'

रवि ने जिया के सिर पर हाथ रखा, स्कूटर स्टार्ट की, उस पर बैठा और वो चला गया।

जिया ने मन ही मन रवि की बातों का तत्व, उसकी गहराई को समझने का प्रयास किया, और वो वापस, अपनी मां के कमरे की ओर जाने लगी।

भगवान सत्यनारायण का प्रसाद

ये नाम आस्था यूंही घर वालों ने नहीं रख दिया होगा। कुछ देखा-सुना होगा तभी ''आस्था बिटिया'', ''आस्था बिटिया'' पुकारने लगे होंगे। और ये आस्था बिटिया थी भी ज़रा ज़्यादा ही आस्तिक। भगवान, खुदा, गौड सब पर बड़ा ही भरोसा था उसे। ख़ास कर सत्यनारायण भगवान पर। सभी के दरवाज़े मत्था टेकने जाती थी बारी-बारी से। और जब बात ''सत्य नारायण भगवान'' की हो तब तो भई क्या कहने। फूल सजाये, धूप-दीप जलाये। अपने भगवानों को तांबे के लोटे वाले जल से नहलाये, आरती गाये। कथा पढ़े, प्रसाद बांटे। सारे विधि-विधान से ऊपर वाले के हर एक रूप की मन से पूजा करे, इबादत करे। और दिल से दुआ मांगे।

आस्था दिल्ली विश्वविद्यालय में पढ़ती थी, मैत्रेयी कालेज के हॉस्टल में रहती थी, उसका रहन-सहन बाक़ी सभी लड़कियों जैसा ही था, जीन्स पहनती थी, खूब फ़ैशनेबल तरीके की कुर्तियां-स्टोल्स खरीदती थी, महंगे-ब्रान्डेड जूते लेती थी, लेकिन परमात्मा के नाम पर दिमाग थोड़ा-सा दिल्ली की मौड लड़कियों से जुदा था। ऐसी जबरदस्त कर्म-कांडी भी नहीं, लेकिन ''सत्यनारायण भगवान की कथा'' और उसके ''पंचामृत-पंजीरी'' वाले प्रसाद का उसके दिल में कुछ अलग ही आकर्षण था, और बड़ा ही गहरा मोह भी। प्रसाद लेते समय उसका दिल कुछ इस तरह जज़्बाती हो उठता था, जैसे कि विष्णु भगवान खुद क्षीरसागर से उठ कर चले आ रहे हों और अपनी प्रिय भक्त आस्था को अपने हाथ से प्रसाद दे रहे हों। आस्था के साथ ऐसा क्यूं था, ये कहना ज़रा मुश्किल है। क्योंकि उसके घर में उसके और भी

भाई-बहन हैं, बाप-दादा-चाचा, वग़ैरह-वग़ैरह थे, और सभी आस्तिक भी थे, लेकिन इतना बड़ा विष्णु भगवान का भक्त सिवाय आस्था के और कोई नहीं था।

बहरहाल, अगले ही दिन आस्था का जन्मदिन था। हॉस्टल की सभी लड़कियों ने उसके जन्मदिन की पर्याप्त तैयारी कर रखी थी। हॉस्टल मेस में भी खाने के साथ-साथ स्पेशल हलवा या खीर बननी थी, जोकि हर लड़की के जन्मदिन पर हॉस्टल की ओर से बनता था। आस्था की रूमपार्टनर्स भी अपने कमरे को सजाने का बन्दोबस्त कर चुकी थीं। गुब्बारे, झालरें, रंग-बिरंगे रिबन वगैरह आ चुका था। केक का आर्डर भी दिया जा चुका था, जिसे कल ठीक रात ग्यारह बजे हॉस्टल पहुंचना था। मतलब की शाम की पार्टी पूरे धूम-धड़ाके के साथ मनाया जाना तय हो चुका था। आस्था गिफ़्ट देने में उस्ताद थी, हॉस्टल की ना सही सारी, लेकिन आधी से ज़्यादा लड़कियां उससे कोई ना कोई ख़ूबसूरत तोहफ़ा पा चुकी थी, इसलिए ये भी तय था, जन्मदिन में उसकी झोली उपहारों से लबरेज़ हो जाती। लेकिन इन सब चहल-पहल के बीच एक बात थी जो कि खटक-सी रही थी, वो ये कि आस्था उतनी उत्साहित और खुश नहीं लग रही थी, जितना कि उसे होना चाहिए था।

दरअसल, इस हॉस्टल और विश्वविद्यालयी ज़िन्दगी से अलग, आस्था के कुछ गहरे दोस्त भी थे। उन दोस्तों में एक सरकारी अफ़सर भी था, जिसे काफ़ी बड़ा ओहदा मिला हुआ था, आस-पास के लोग उसे डी.एम. साहब कहते थे। उसकी उम्र तकरीबन चालीस साल की थी, और उसका नाम कमलेश शुक्ला था। आस्था और कमलेश, दोनों ही अपने अन्य मित्रों से कहीं ज़्यादा एक-दूसरे के करीब थे, जबकि अभी इस दोस्ती का दो-एक साल ही पूरा हुआ था। लेकिन नज़दीकियां काफ़ी बढ़ी हुई लगने लगी थीं। कमलेश बात-बात पर आस्था को जताता रहता था, कि उसे आस्था दिलो-जान से ज़्यादा प्यारी है। आस्था को भी कमलेश अपने सभी सहपाठियों से ज़्यादा पसंद था, यहां तक कि गोरे-चिट्टे आकाश से भी ज़्यादा, जो कि उस साल मिस्टर फ्रेशर चुना गया था और उस बैच की तकरीबन हर लड़की के दिल पर राज कर रहा था।

ख़ैर, यूंही बातों ही बातों में, आस्था ने कमलेश को कुछ वक़्त पहले अपने जन्मदिन की तारीख़ बतायी थी। कमलेश का त्वरित जवाब था, 'अरे वाह, तुम्हारा जन्मदिन तो बहुत नज़दीक है। बताओ क्या चाहिए तुम्हें तोहफ़े में?'

'नहीं मुझे कुछ नहीं चाहिए, आपका प्रेम ही काफ़ी है।'

'ऐसा नहीं हो सकता आस्था, अगर तुम मेरी सच्ची दोस्त हो, अगर तुम्हें मेरा प्रेम, मेरा साथ ज़रा भी सुहाता है, तो कुछ तो तुमको लेना ही पड़ेगा, मैं ये जानता हूं, तुमको ज़ेवरों का बड़ा शौक़ है, यहां क़रीब ही *तनिष्क* का बढ़िया शोरूम है, अभी नया खुला है, नये-नये डिज़ाइन्स भी होंगे, चलो वहीं से कुछ पसंद कर लो, बर्थडे वाले रोज़ मैं हॉस्टल पहुंचवा दूंगा।'

'नहीं ये सब नहीं चाहिए मुझे, मैं क़ीमती तोहफ़ों में विश्वास नहीं करती, घर से दूर यहां अजनबी शहर में आपका स्नेह ही बड़ी चीज़ है मेरे लिए, वैसे भी यहां हॉस्टल में रहती हूं, ये सब सोना-चांदी रख नहीं पाऊंगी अपने कमरे में।'

'देखो ये ठीक नहीं आस्था, ऐसे नहीं चलेगा। तुम यूं ना कह कर मेरी इन्सल्ट कर रही हो . . . कुछ तो बताइए, क्या पसंद है आपको? कोई एक चीज़ तो कहो प्लीज़, तुमको मेरी क़सम।' कमलेश थोड़ा सा रूखा हो चला था।

आस्था ने कमलेश के इस बार-बार के इसरार को ध्यान में रखकर, बहुत संकोच से एक बात कही, 'यूं एक इच्छा थी तो मेरी।'

'बताओ, बताओ?'

कमलेश को इतना चहकता देखकर आस्था ने अपने मन का भेद खोला था, 'उस ख़ास दिन मैं ''भगवान सत्यनारायण की कथा'' सुनना चाहती हूं, क्योंकि पिछले तीन सालों से, जब से दिल्ली आयी हूं, तब से कथा को सुनने की आदत नहीं बन सकी।'

कमलेश ने आस्था को, उस दिन आश्वस्त भी किया था कि सारे इन्तज़ामात हो जायेंगे, वो बेफ़िक्र रहे। उसने कहा था, 'ये तो बड़ी ही ख़ुशी की बात है, तुम जैसी मॉडर्न लड़की इतने धार्मिक और अच्छे विचार रखती है। अब तुम एकदम

ही निश्चिन्त रहो, भगवान श्री सत्यनारायण की कथा तुम तुम्हारे जन्मदिन पर ज़रूर सुनोगी, कहो तो साथ में कोई बड़ा फ़ंक्शन भी करवा दूं?' और फिर कमलेश हंसते हुए आस्था को गले से लगाकर बोला था, 'कहो तो, एक दिन की छुट्टी करवा दूं ज़िले भर में! आईजी डीआईजी, जिसे कहो तुम्हारी सेवा में लगा दूं, अरे भई आख़िर तुम्हारे चाहने वाले की भी कोई हस्ती है कोई इस नामुराद शहर में। सच कहूं, वैसे तो मुझे ख़ुद बड़ा चाव रहता है सत्यनारायणजी की कथा सुनने का, मगर काम के बोझ के चलते सुन नहीं पाता। चलो तुम्हारे बहाने मुझे भी थोड़ा पुण्य मिल जायेगा। तुम्हारी बगल में बैठ के सुनूंगा, एकदम सटकर।'

आस्था शर्माती, मुस्कुराती रही।

कमलेश ने उस दिन ऑफ़िस जाने से पहले इतना कहकर इस बात पर पक्की मुहर भी लगा दी थी, कि आस्था का जन्मदिन उस घर में बड़े प्रेम से बीतेगा, 'सुनो, मैं उस दिन सुबह-सवेरे ही गाड़ी भेज दूंगा, तुम जल्दी घर आ जाना, सारी तैयारी अपनी देखरेख में खुद करवाना, ताकि कोई चीज़ अपूर्ण ना रह जाये। हमारी जान का जन्मदिन कोई मामूली बात तो नहीं। आख़िर ये जन्मदिन रोज़-रोज़ तो नहीं आता!'

आस्था ने कमलेश से विशेष आग्रह करके कहा था कि कोई शान-ओ-शौक़त की, किसी भी तामझाम की हर्गिज़ ज़रूरत नहीं, सादी सी तैयारी में आंगन में बैठकर कथा सुनना ही उसकी उस ख़ास दिन की सबसे बड़ी फ़रमाइश है। उस दिन आस्था और कमलेश में ये भी तय हुआ था कि आस्था, कुक वग़ैरह से किचन की सफ़ाई करवा के अपनी देखरेख में प्रसाद बनवा लेगी। और जो भी सामान चाहिए वो घर के नौकरों से मंगवा लेगी, और यह कि कमलेश नौकरों को पर्याप्त रक़म देकर दफ़्तर निकलेगा। रही पंडित जी को बुलाने की बात, तो कोई ना कोई मन्दिर के पुजारी से ये भी पक्का हो ही जायेगा। इतनी सारी बातों के तय हो जाने से आस्था पूरी तरह से मुतमईन थी। इसी इत्मीनान के चलते और इसी आश्वासन के बलबूते, मारे ख़ुशी के आस्था ने अपने लिए एक पीले रंग की रेशमी साड़ी भी

ख़रीद ली, कथा में पहनने के लिए। साड़ी में फ़ाल-पीको का काम भी हॉस्टल की एक गार्ड ने कर दिया था। हॉस्टल के नज़दीक दर्ज़ी से आस्था ने तुरत-फ़ुरत सुन्दर ब्लाउज़ भी बनवा लिया था।

चूंकि सुबह-सवेरे हॉस्टल से निकलने से पहले ज़्यादातर तैयारी आस्था पहले से करके रखना चाहती थी, जिससे ऐनवक़्त कोई दिक्कत पेश ना आए, इसलिए हवन के लिए आम की लकड़ी एक दिन पहले ही आस्था ख़ासी मशक्कत के बाद ले आयी थी। आस्था के हॉस्टल में इतने बड़े हरे-भरे गार्डन होने के बावज़ूद वहां आम का एक भी पेड़ नहीं था। काफ़ी दौड़-भाग के बाद आम का पेड़ लोधी-गार्डेन में कहीं जाकर मिला था। आम का पेड़ मिलने पर भी उसपे चढ़कर उसकी डंठलें तोड़ना आसान काम नहीं था, क्योंकि आम के ज़्यादातर पेड़ जो मिले थे, सब बहुत ऊंचे थे। एक मज़दूर को आस्था ने तलाशा, और फिर उसे उस पेड़ पर चढ़वाया, और पचास रुपये मज़दूरी भी दी। भगवद्-भक्ति जो ना करा ले, वही कम है!

पंजीरी बनाने के लिए शुद्ध आटा और मेवे के साथ-साथ, पंचामृत के लिए गाय का शुद्ध घी, दही, कच्चा दूध, शहद, पंचमेवे तो आस्था ख़ुद बाज़ार से खोज-खोज कर ख़रीद लाई, और हॉस्टल मेस की रात की धुलाई के बाद फ्रिज में रख भी आयी। लेकिन ताज़ा गोमूत्र उसे जटिलतम, दुष्कर प्रयासों के बाद ही हासिल हो सका था। अव्वल तो इधर-उधर सड़क में घूमने वाली गायें बस एक-दूसरे को देखकर मोहित हो रहीं थीं, और जो दो-एक अकेली दिखीं भी, वो भी मूतने का नाम ही नहीं ले रही थीं।

यूं कभी बाज़ार-मोहल्ला निकलो, तो हर वक़्त आती-जाती गायें पदर-पदर गोबर गिरातीं, और लम्बी-लम्बी गोमूत्र की धाराओं से सड़क पर नहरें बहाती दिखती थीं। लेकिन आज ना जाने क्यूं हर गाय, ना मूतने की कसम खाकर निकली थी। अन्य मुतासी गायों की खोज में, अपनी सहेली संग एक डेयरी भी जाना हुआ। यहां भी नज़ारा ज़्यादा अलग नहीं था। ज़्यादातर गायें आस्था

और उसकी सहेली के आने से पहले ही, अपने हिस्से का हग-मूत चुकी थीं। फिर भी क़िस्मत ने साथ दिया और चारे के पास खड़े-खड़े एक गाय ने ज़ोर से रम्भाया। उसकी पुकार से ही दोनों लड़कियों ने उस ओर देखा और अगले ही पल उस प्यारी गाय ने एक ज़ोरदार पीली धार छोड़ दी। आस्था ने तत्काल लाई हुई कटोरी उसके नीचे लगा दी। उस प्यारी गाय ने आस्था को एक बाधा जानकर, उसे एक दुलत्ती जमा दी। इस लताड़ से उसकी गोमूत्र वाली कटोरी दूर जा गिरी। आस्था की दोस्त ने दौड़के दोबारा कटोरी उठाई और करीब-करीब ख़त्म होने वाली बौछार के नीचे लगा कर अपनी कटोरी भर ली। इस कारण ये दुलत्तियां भी उन दोनों को प्रसाद से कम नहीं लग रही थीं। उन्होंने उसे पूरे ऐहतराम के साथ स्वीकार किया। हॉस्टल आकर, चोट पर बोरोलीन लगाते हुए आस्था खूब हंस रही थी।

बहरहाल, सारी सामग्री जुट चुकी थी। पूजन-सामग्री से लेकर लिबास तक तैयार थे। अब क्या, भगवान की चौकी रखकर, रंगोली सजाकर और चैन से बैठकर पूरी कथा ही मन से सुनना बाकी था, ऐसा ही आस्था ने सोच रखा था। वैसे भी कमलेश से ठीक एक दिन पहले तक सत्यनारायण की कथा के बारे में बातें पक्की हो चुकी थीं।

०००

आज आस्था का जन्मदिन है। और सवेरे से, वो यही सोच-सोचकर ख़ुश हो रही थी कि आज का दिन कितना अच्छा है, सुबह भगवान की कथा सुनने को मिलेगी, प्रसाद खाने को मिलेगा और शाम को अपनी सहेलियों के साथ पार्टी की धूम मचेगी, वो अलग। पूजा के लिए की गयी अपनी सभी बेसिक तैयारी से ख़ुश, वो गाती-गुनगुनाती नहा-धोकर तैयार होती रही।

लेकिन धीरे-धीरे जैसे-जैसे वक़्त आगे बढ़ने लगा वो कुछ सोच में पड़ गई, अब तक ना गाड़ी आयी, ना ड्राइवर और ना ही कोई फ़ोन। वैसे कभी किसी

मिलने-जुलने के मौक़ों पर कमलेश के बंगले पर जाना होता है तो दो घण्टे पहले ही कमलेश का व्यक्तिगत-ड्राइवर उससे सम्पर्क कर लेता था। वैसे तो कमलेश से भी फोन पर तक़रीबन रोज़ाना बात होती है, लेकिन आज नहीं आया कोई भी फोन, इस सन्दर्भ पर कोई भी चर्चा आज कमलेश से हुई ही नहीं।' इन मायूस विचारों से उसकी ख़ुशी मद्धम पड़ने लगी।

उसका दिल और भी दु:खी विचारों में गुम हो गया, 'लगता है कि वो भूल गए हैं, लेकिन भूलना तो नहीं चाहिये, इतनी लम्बी-लम्बी प्लैनिंग जो हुई थी उस दिन! हो सकता है कोई ज़रूरी काम आन पड़ा हो या फिर उनकी आज ही के दिन पेशी हो इलाहाबाद कोर्ट में, या कानपुर की कचहरी में। उन पर कई सारे सरकारी मुक़दमे भी तो चल रहे हैं, और कमलेश देर रात निकल गए हों।' लेकिन फिर आस्था को ये भी ध्यान आया, 'ऐसा कैसे हो सकता है? आज तो इतवार है। न कचहरी खुली होगी, न ऑफ़िस, कहीं ऐसा तो नहीं, कि कोई पंडित ही ना मिला हो, तभी मारे शरम के फोन नहीं आ रहा है। पूजा-पाठ में उन साहब का दिल वैसे तो ज़्यादा लगता नहीं है। लेकिन ऐसा कैसे हो सकता है, माली रामदेव का तो साला ही पुरोहिती जानता था, कईयों की शादी भी उसी ने कराई थी। हालत कोई भी हों, कैसे भी हों, कुछ भी हो, एक फोन तो बेशक अब तक आ ही जाना चाहिए था।' ये सारी बातें एक साथ उसके ज़ेहन में घुमड़ने लगीं।

उसकी सबसे ख़ास सहेली और रूम-पार्टनर ने उसे कुछ चिन्तित देखा तो बोली, 'क्या हुआ आस्था, किस सोच में डूबी हो। मेरी प्यारी आस्था, आज जन्मदिन है तुम्हारा। अब ऐसे गुमसुम तो ना रहो।'

'नहीं नीलू, ऐसी कोई बात नहीं। सच बात ये है कि आज की मेरी अपनी भी कुछ प्लैनिंग थी। उसी के बारे में सोच रही हूं।'

'तो ठीक है ना! तुम अपनी प्लैनिंग के हिसाब से चलो। क्या मुझसे डिस्टर्ब हो रही हो?'

'नहीं जी, ऐसी बात नहीं! प्लीज़ ऐसा मत कहो? दरअसल, मुझे तो अभी सुबह ही जाना था, और शाम ढलने से पहले मैं लौट भी आती, लेकिन मेरे उन दोस्त की कोई खोज-ख़बर मिल ही नहीं रही, जिनके साथ सारी प्लैनिंग हुई थी। देखो इन्तज़ार करते-करते ग्यारह बज गए हैं, कोई फोन आया ही नहीं अब तक!'

'अरे भई इतना बड़ा शहर है ये, तमाम तरह के फ़साद होते रहते हैं, हज़ार व्यस्ततायें होती हैं। कहीं अटक गए होंगे दोस्त-साहब। तुम ख़ुद ही फ़ोन कर लो, पता चल जायेगा।'

'हम्म। मैं सोचती हूं ख़ुद उसके घर हो आऊं, सांझ होने से पहले लौट आऊंगी।'

'ओके। श्योर, लेकिन हम लोगों की पार्टी भी है शाम को, ये भूल मत जाना।'

'ठीक है। फिर मैं निकलती हूं। जल्दी जाऊंगी, तभी वक़्त रहते लौटना आसान होगा।'

आस्था जल्दी से पूजा की सारी-सामग्री और अपनी साड़ी वगैरह एक बड़े हैंडबैग में भरकर, फ़ौरन ऑटो रिक्शा लेकर कमलेश के बंगले पहुंच गई। वहां, घर में तो कोई भी तैयारी जैसा कुछ ना दिखा। हमेशा की तरह नौकरों का हुजूम ही था, जो इधर से उधर टहल रहा था। और तो और, ख़ुद कमलेश भी इतवार के दिन घर पर मौजूद नहीं था। आस्था को सबसे ज़्यादा हैरत तो ये जानकर हुई, कि 'साहब ऑफ़िस गए हैं'। घर में पूजा-पाठ जैसा कोई निशान तक कहीं नहीं था। उसने नौकरों से बातचीत की, जिससे ये आभास मिल सके कि ये लोग कितने तैयार हैं, और कितना उसे समझाना है।

लेकिन नौकरों के एकदम ही अनभिज्ञ रवैये से वो परेशान हो रही थी। वैसे ही काफ़ी देर हो गई थी। उसने कमलेश के मोबाइल पर कई बार उसका नम्बर भी लगाया, लेकिन कमलेश ने फोन रिसीव ही नहीं किया। अब आस्था ने वहीं बंगले में बैठकर, कमलेश का इन्तज़ार करना बेहतर समझा, और सोचने लगी, 'शायद किसी अहम मसले में फंसे होंगे, या शायद पण्डित जी को लिवाने गए होंगे। लौटकर

ही इन चाकरों को समझायेंगे। प्रसाद बनने में भला टाइम भी कितना लगता है। सारा सामान तो मैं ले ही आयी हूं।'

इन्हीं सोच-विचारों में वक़्त गुज़रता चला जा रहा था। जब इन्तज़ार करते-करते घड़ी ने चार बजने का इशारा दिया, तो उसने कुछ सोचकर वहां के कुक रवि को बुलवाया और उससे थोड़ी दरियाफ़्त की, 'सुनो रवि भइय्या, क्या कमलेश साहब कुछ कह कर गए हैं? किचेन साफ़ करने के लिए या फिर तुम्हें स्पेशल कुछ बनाने का ऑर्डर देकर गए हैं?'

'हां हां मैडम जी, आज डिनर में साहब ने इस्पेसल मटन-कोरमा, फ्राईड-फ़िस और चिकिन-बिरयानी बनाने को कहा था। कह रहे थे उनकी मेहमान आने वाली हैं, लेकिन किचन साफ़ करके बनाने को तो नहीं कहे थे। मैडम जी वैसे तो किचन रोजय धुलता है। आप कहें तो फिर धोये दें।'

आस्था शुद्ध शाकाहारी लड़की थी, वो ये सब सुनकर बुरी तरह से झल्ला गई, 'क्या बकवास कर रहे हो तुम?'

उसने अपना सामान उसी बंगले पर रखा, और वो फिर एक ऑटो से कमलेश के ऑफ़िस की ओर निकल पड़ी।

डी.एम. साहब के सरकारी दफ़्तर और उसके आसपास का सारा माहौल इतवार के रोज़ वीराना पड़ा था। फिर भी कमलेश के चेम्बर तक का रास्ता मालूम करते-करते आस्था वहां तक पहुंच ही गई।

चेम्बर के ठीक बाहर दरवाज़े पर खड़ी होकर उसने देखा, परदे गिरे हुए थे, लेकिन दरवाज़ा हल्का सा बन्द था। अन्दर से कुछ फ़ुसफ़ुसाहटें और किसी लड़की के हंसने की आवाज़ें साफ़ आ रहीं थीं। उस आधे बन्द दरवाज़े पर हाथ रखते ही वो पूरा खुल गया। कमलेश आराम से पैर अपनी मेज़ पर पसारे, सफ़ेद तौलिए से ढकी, अपनी बड़ी-सी, गद्देदार कुर्सी पर बैठा हुआ था। और पास बैठी एक लड़की के साथ हंसी-ठिठोली में मगन था। उसके हाथ में आधा भरा हुआ शराब का एक गिलास भी था। शराब का एक और आधा ख़ाली गिलास

भी, आधी हुई बोतल के साथ रखा था। ये उस लड़की का था, उसी के पास रखा था। उस पूरे डी.एम. के दफ़्तर का बड़ा सा कमरा, जहां आधुनिक सभी सुख-सुविधाओं का मज़े का इन्तज़ाम था, विस्की और सिगरेट के धुंए से गन्धा रहा था।

कमलेश आस्था को देखकर हड़बड़ा गया। वैसे तो वो बड़े हसीन से कोट-पैन्ट और महरून शर्ट से सजा हुआ था, फिर भी उसके रुआब और पुरनूर मस्ती की चमक एकाएक गायब हो गई। उसका चेहरा ज़र्द पड़ गया। वो ख़ुद को संभालते हुए, अपनी झेंप मिटाने के लिहाज से, दोनों महिलाओं का एक दूसरे से परिचय कराने लगा, 'हैलो आस्था, हाओ आर यू? मीट माय सेक्रेटरी जूली। जूली दिस इज़ आस्था वन ऑफ़ माय गुड फ्रेन्ड्ज़।'

जूली इत्मीनान से अपनी ढेर सारी रंगीन नेल-पॉलिश लगी नाखूनों से लैस उंगलियों में फ़ंसी सिगरेट का धुआं उड़ा रही थी। वो बड़ी मानीख़ेज़ मुस्कुराहटों और क़ातिल अदाओं के साथ इठलाते हुए बोली, 'ओ हैलो मिस आस्था। हाओ डू यू डू, आईये प्लीज़ बैठिये।'

आस्था के सामने सारा मंज़र स्पष्ट था, उसका अपराधी उसके सामने फ़ीका चेहरा लिए खड़ा था। और उस अधिकारी-अपराधी के सारे अपराध उसके सरकारी-आवास से लेकर यहां दफ़्तर तक बिखरे पड़े थे। लेकिन फिर भी उस वक़्त, एक पढ़ी-लिखी दिल्ली विश्वविद्यालय की मेधावी छात्रा होने का आस्था ने खूब परिचय दिया।

उसने सधी हुई गम्भीर ज़बान में कमलेश से पूछा, 'आज का दिन आप भूल गए क्या? कुछ तय हुआ था ना हम दोनों के बीच, आज ही के लिए।'

जूली ने अपने बॉस की, नये अंदाज़ से पैरवी की, 'अरे ये तो पॉसिबल ही नहीं कि हमारे सर कुछ भूल जायें। उन्हें तो पल-पल की ख़बर रहती है। एक-एक लम्हा याद रखते हैं सर हमारे, हम लोग तो उनकी याद्दाश्त के फ़ैन हैं।'

अबकी आस्था ने जूली से कहा, 'क्या आप मुझे अपने बॉस से सीधा बात करने

देंगी या आपकी इजाज़त लेनी पड़ेगी?'

'वाय नॉट, श्योर ये तो हैं ही जनता के जवाब-सवाल के लिए।'

जूली इतना कहकर चुप हो गई।

कमलेश से कुछ कहते-सुनते बन नहीं रहा था, फिर भी वो आस्था से हकलाते हुए बोला, 'हां, हां आस्था मुझे तो सब याद है। मैं तो बस निकल ही रहा था। वो तो जूली आ गयी, वो मीटिंग थी ना एक।'

जूली को कमलेश साहब क़ा लड़खड़ाता रवैया पसन्द नहीं आया, उसने आस्था से रुखाई से कहा, 'आप बेवजह उखड़ रही हैं। हमारे सर को परेशान कर रहीं हैं मिस आस्था।'

कमलेश भी जूली के सहारे कुछ बुलन्द हुआ, 'हां कहा ना, मीटिंग थी।'

दोनों मौसेरे चोर की इस जुगलबंदी के चलते आस्था का नियंत्रित गुस्सा, संयत सब्र की परिधि तोड़कर बाहर आ गया, उसने तमतमाते हुए, वहां रखी विस्की की बोतल भड़ाक से डी.एम. साहब के ऊपर फेंक दी, और चिल्लाकर बोली, 'ये कमीनी लौंडिया ये दारू, ये सिगरेट के छल्ले, ये तुम दोनों के गुलछर्रे इन सबमें गुलज़ार हो रही थी तुम्हारी मीटिंग, क्यों?' कमलेश बोतल के निशाने से किनारे हो लिया और बाल-बाल बच गया।

वो हालात क़ाबू में लाने के लिए, फ़ौरन आस्था को समझाने में लग गया, 'अरे आस्था सुनो तो! तुम जैसा समझ रही हो ऐसा कुछ नहीं। हम लोग तो एक ज़रूरी मुद्दे पर बातें कर रहे थे।'

आस्था ने फिर भन्नाते हुए कांच का गिलास उठाकर उसके सिर पर दे मारा। कमलेश आस्था से कुछ कहता, उससे पहले जूली बोल पड़ी, 'आप पागल हो गयी हैं क्या? ये हमारे डी.एम. साहब हैं। इनसे बात करने की तमीज़ नहीं है। कुछ मैनेर्स नहीं है क्या आपको? केवल शकल से ही पढ़ी-लिखी दिखती हैं। आपके पेरेन्ट्स ने ऐटीकेट नहीं सिखाए क्या आपको?'

अबकी आस्था ने मेज़ पर रखा दूसरा गिलास उठाया, जो कि जूली का ही जूठा

था, उसे जूली की तरफ़ पूरा ज़ोर लगा कर फेंका और बोली, 'तुम बस निकल जाओ चुपचाप, वरना तो आज बचोगी नहीं! क़ायदे से ऐटीकेट और मैनेर्स सिखा कर भेजूंगी आज मैं तुम्हें!'

जूली बुरी तरह से डर गई, और वो बहुत तेज़ी से अपना बैग, काला चश्मा और चाबी उठाकर जल्दी से बाहर भाग गयी। कमलेश अब अकेला हो गया था और आस्था को प्रेम-पूर्वक समझाने लगा, 'आस्था, माय डार्लिंग, बात तो सुनो। दरअसल मैं तुम्हें फोन करने ही वाला था।'

'अच्छा तभी फोन नहीं उठा रहे थे, मूर्ख समझ रखा है तुमने मुझे।' कहते-कहते उसने वहीं मेज़ पर रखा कमलेश का मोबाइल-फोन उठाया और टंगे हुए महंगे एल.ई.डी. टीवी पर खींचकर दे मारा। डी.एम. साहब के दोनों ही क़ीमती सामान पल भर में चकनाचूर हो गए। कमलेश जानता था, सब सरकारी-माल है, फिर आ जायेगा। इस टूट-फूट से वो ज़्यादा परेशान नहीं हुआ, लेकिन लड़की उसके हाथ से तकरीबन निकल चुकी थी, वो तो बस इसी बात से चिन्तित हो रहा था।

मर्दवादी अहम की कढ़ाही पर छलावे की मीठी चाशनी छलकने लगी।

वो आस्था को प्रेम से बहलाने की कोशिश करने लगा, 'माय स्वीट आस्था, मेनी हैप्पी रिटर्न्स ऑफ़ द डे। सब याद है मुझे, तुम घर तो चलो। आराम से बातें करते हैं, ऐसे गुस्सा नहीं करते। इतनी आवाज़ें सुनकर कोई ना कोई आ जायेगा, देखो माय ब्यूटीफ़ुल लेडी, ये सरकारी कामकाज का एरिया है। मेरी बात तो सुनो मेरी जान!' वो उसकी तरफ़ बढ़ने को हुआ।

'चुप्प, एकदम चुप्प हो जाओ और दूर रहना मुझसे, अच्छा तो ये सरकारी कामकाज का एरिया है तुम्हारा, जहां बैठ के तुम दारू उड़ाते हो, वो भी इतवार के दिन! बहुत बढ़िया! अब ज़रा इस सरकारी एरिया में पुलिस को भी बुला लो। सब आगे पीछे घूमते हैं ना तुम्हारे, आईजी, डीआईजी, एसएसपी बुलाओ अभी, इसी वक़्त बुलाओ। ज़रा मैं भी तो देखूं तुम जैसे हरामज़ादे डीएम की औकात। करती हूं आराम से बात आज मैं तुमसे!' अपना वाक्य पूरा करते-करते आस्था ने मेज़ पर

रखा चश्मा और चाबी का भारी मेटेल से बना गुच्छा उठाकर पूरे दम से कमलेश को मार दिया, जिससे उसकी ऊंगली में ज़ोरदार चोट लगी और वो लाल पड़ गयी।

'देखो आस्था, पुलिस का यहां क्या काम भला? उसे बुलाने से क्या होगा छोड़ो ये सब नाराज़ मत रहो, मुझे तो याद है, आज भगवान सत्यनारायण की कथा सुननी है। मैं तो कुक को भी प्रसाद बनाने का कहकर आया था। अब गुस्सा थूक दो, चलो हम लोग किसी पण्डित के पास चलते हैं।' कमलेश अपना झनझनाता और सूजा हुआ हाथ सहलाते हुए कहता रहा।

'ख़बरदार नाम मत लेना तुम कथा का समझे घूसखोर लौंडियाबाज़ी झाड़ रहे हो यहां बैठे डीएम की दुम। मुझे साल भर से उल्लू बना रहे हो। तू और तेरी अफ़सरी ये लो, प्रसाद तो ग्रहण कर लो, कथा में क्या रखा है।' कहते हुए उसने वहां रखे पानी से भरे हुए कांच के जग को उठाया और कमलेश के सिर पर फेंक दिया। अबकी बार वो बच नहीं पाया, उसके सिर पर ही जग फूट गया और पानी के साथ-साथ खून भी बह निकला।

उसके दफ़्तर में चारों ओर ढेर सारा कांच, शराब, टीवी और मोबाइल-फोन के टूटे हुए टुकड़े, पानी और खून के साथ फैले हुए थे। देश-विदेश के जमा किये हुए कांच के बेशुमार क़ीमती बर्तन, टीवी, प्लास्टिक का फोन-सेट, शीशे की आलमारियां, मेज़ें, शोपीस, गुलदस्ते, घड़ियां सब के सब चूर चूर हुए फ़र्श पर पड़े पड़े एक निश्छल लड़की के चोट खाए हुए दिल की कहानियां सुना रहे थे। आस्था ने जी भर के कमलेश को गालियां सुनाई। मन भर के लताड़ा। और अपनी आत्मा से बेहिसाब कोसा। कमलेश का ड्राइवर इतनी चीख़-पुकार और तोड़फोड़ सुनकर दफ़्तर के भीतर दाख़िल हो चुका था, जो उसके चरित्र, उसके दुर्व्यसनों और उसकी रंगीनमिज़ाज़ी का पुराना जानकार था, सो कुछ भी प्रतिक्रिया उस समझदार इन्सान ने नहीं दी। बस, चुपचाप खड़ा अपने साहब को गाली खाते देखता रहा। आज उसके मालिक की औक़ात उसके सामने रत्ती के बराबर भी नहीं बची थी। कमलेश ख़ुद ड्राइवर को उस लम्हे कोई भी आदेश देने के लायक ख़ुद को महसूस नहीं कर रहा

था। कमलेश साहब के बाक़ी सारे चाकर भी इस उपद्रव को ख़ामोशी से देखते रहे, उन्हें भी उनके मालिक के 'सारे लच्छन' खूब पता थे।

कमलेश खड़ा-खड़ा, कभी अपने रुमाल से माथे से बहते खून को पोंछता, तो कभी चोटिल हाथ को सहलाता रहा। उसका बहता ख़ून देखकर आस्था को बड़ा सुक़ून मिल रहा था।

आस्था कमलेश के दफ़्तर से सीधा उसके मकान पर, अपने रखे हुए सामान लेने के लिए आयी। सत्यनारायण भगवान की कथा पूर्ण हो चुकी थी। आस्था प्रसाद भी दे आयी थी।

अब रात गहरी हो चली थी।

वो सीधा अपने हॉस्टल पहुंची।

अपना सारा ग़ुस्सा, भड़ास और निकालने के बाद, आस्था के दिलो-दिमाग़ की राहत और आत्मा की शान्ति काफ़ी हद तक लौट आयी थी। दिल्ली की चकाचौंध और चमचमाती, जगमगाती सड़कों में ही कमलेश नाम का वो सरकारी-पुर्ज़ा, पुर्ज़े-पुर्ज़े होकर आस्था के दिलो-दिमाग़ से धीरे-धीरे ट्रैफ़िक की भीड़ में ना जाने कहां धुंधला पड़ता गया।

लौट कर उसने अपनी सहेलियों को बड़ी बेचैनी से उसकी राह तकते पाया। सभी लड़कियां आस्था को देखते ही चहक उठीं, उन सभी के चेहरे ख़ुशी से चमकने लगे, केक के ऊपर रखी मोमबत्तियों की लौ में वे जगमगाते चेहरे और भी जगमगा उठे।

उसके जन्मदिन की पार्टी में खूब शोरगुल होता रहा। आस्था और उसकी सहेलियों ने पार्टी का बेहद लुत्फ़ उठाया। खूब नाचा-गाया, खाया-पिया, जश्न मनाया। वो खुद भी ख़ूब ख़ुश होकर झूमती रही।

सोने से पहले वो अपनी पढ़ाई वाली मेज़ पर रखे हुए भगवान को सिर नवाने गयी। उसने उसी समय विधिवत सारी पूजा की। सभी सहेलियों ने उसका पूरा साथ दिया। वहीं बैठकर, किताब खोलकर, भगवान सत्यनारायण की पूरी कथा, पूरे

मनोयोग से पढ़कर उसने सबको सुनाई। ख़ुद उसने अपनी कुछ सहेलियों की मदद से हॉस्टल मेस को धुलवाकर उसमें प्रसाद बनाया। अपने हॉस्टल में सबको बांटा। सभी ने पूरे प्रेम, श्रद्धा और अक़ीदत से भगवान सत्यनारायण का प्रसाद भी खाया। हॉस्टल के कर्मचारियों ने आस्था को ख़ूब भर-भर के दुआएं दीं।

आस्था आज अपने जन्मदिन पर खूब जश्न मनाकर, बड़ी मुतमईनी से चैन की नींद सो गई।

लेडी पिकासो

नीला को बचपन से ही सब "लेडी पिकासो" कहकर पुकारने लगे थे। परमात्मा की कुछ ऐसी नेमत थी उसे, कि उसने अपना नाम लिखना बाद में सीखा लेकिन फूल, तितली, सूरज, चन्दा, सितारे, पहाड़, आकाश, नदी, चिड़िया बनाना पहले सीख लिया था। उसने कोई भी कागज़, दीवार, अख़बार, घर का कोना अपनी रंगीन-पेन्सिल से रंगना नहीं छोड़ा। सभी जगह उसकी चित्रकारी के नमूने मिल जाया करते थे। निसन्देह ये क़ुदरत का ही करिश्मा था, कि उसे रंगों की समझ ख़ुद-ब-ख़ुद हो गई थी। आकाश को आसमानी, पहाड़ को भूरा, सूरज को नारंगी और चांद-सितारों को वो ख़ुद से ही सफ़ेद रंगती थी। उसका परिवार यूं तो बड़ा छोटा-सा था, सिर्फ़ मां-बाप और एक नन्हा-सा छोटा भाई। लेकिन, घर के सभी सदस्य उसकी चित्रकारी को हौसला देने वाले थे, सिवाय उसके पिता के। उन्हें नीला की रंग-बिरंगी दुनिया से कोई ख़ास वास्ता नहीं था, बल्कि घर की खिड़की-दरवाज़ों और दीवारों पर बनाये हुए बड़े-बड़े तितली-मोर-तोता को देखकर उन्हें बुरा ही लगता था। यदा-कदा नीला अपने पिता की तरेरती-आंखों को देखकर सहम जाती थी, लेकिन मां का दुलार उसे जल्दी ही बहला भी देता था। नीला अपनी धुन में मस्त दिन भर चहकती फिरती थी, और प्रकृति के नज़दीक रहने पर ख़ूब खिलखिलाती थी। ऐसा लगता था कि बाग-बगीचे, पेड़-पौधे, नदी-तालाब, बारिश-फूल-पत्ते, चीटीं-मक्खी-परिंदे सब मिलकर उसे चित्रकारी सिखाया करते थे। उसे रंगों से इस क़दर लगाव था कि वो आसमान में उड़ते सफ़ेद कबूतरों को देखकर सोचा करती कि ये हाथ आ जाते तो इन्हें भी किसी

ना किसी ख़ूबसूरत रंग से सजा देती। उसका जड़-चेतन, उसकी आस्था, उसका विश्वास सबकुछ ख़ूबसूरत रंगों से निखरा हुआ था।

नीला जब स्कूल पहुंची तो वहां भी उसकी सुन्दर चित्रकारी का लोहा माना जाने लगा। अपनी हर सहेली को, अपनी टीचर-प्रिन्सिपल को, हर ख़ास मौक़े पर वो अपने हाथ से बना कर नये-नये डिज़ायन के बड़े सजीले ग्रीटिंग-कार्ड्स देती थी। उसकी हर तरफ़ तारीफ़ें नये साल की शुरुआत से ही होने लगतीं थीं। उसे नये-नये अंदाज़ की कलात्मक रंगोली बनाना भी बहुत भाता था। घर में, स्कूल में, आस-पड़ोस में, हर जगह नीला हर एक ख़ास मौक़ों पर रंगोली सजा दिया करती थी। दीवाली, दशहरा, होली, नवरात्र के अलावा भी राखी की थाल वाली चौकी रखकर उसके चारों तरफ़ सुन्दर-कलात्मक सजावट करना जैसे उसका शगल ही बन गया था। उसकी देखादेखी अक्सर उसकी सहेलियां भी रंगोली के उसके बारीक़ नमूने टीप लिया करतीं थीं। फिर भी रंग-रोगन में नीला की कोई सानी नहीं था। उसने चित्रकारी और रंगोली की कई सारी प्रतियोगिताएं भी जीतीं। स्कूल आकर उसका चित्रकारी का दायरा और भी बड़ा हो गया था। अब वो ख़ूबसूरत मीनारों, अपने स्कूल की शानदार इमारतों, खम्बों, मेहराबों के साथ-साथ अपनी सहेलियों, टीचरों, दाईयों और मालियों की भी हूबहू नकल उतारने में दक्ष हो गई थी। इन सब हुनरमन्दी के साथ ही, उसकी पढ़ाई-लिखाई का दर्ज़ा भी बहुत बेहतर था, इसलिए स्कूल के अलावा उसके परिवार को भी उसके ब्रशों-रंगों-कागज़ों-कैनवसों से कभी कोई शिक़ायत नहीं हुई। अपनी उम्र की बाक़ी सभी लड़कियों की तरह टीवी देखना, मोहल्लेदारी करना, इधर-उधर बाज़ार-पार्कों में खेलना-घूमना, थियेटर-कार्टून-मूवी देखना, ये सब शौक़ उसके दिल को कभी नहीं भाये। उसका दिल तो बस पढ़ाई और चित्रकारी में न्योछावर था।

जब वो दर्जा छह में थी, तभी उसकी स्कूल टीचर ने उसकी बनाई एक ख़ूबसूरत पनिहारिन को एक जानी-पहचानी संस्था की चित्रकला-प्रदर्शिनी में भेज दिया। ख़ुशक़िस्मती से उस प्रदर्शिनी का शहर भर में काफ़ी नाम हुआ और नीला के यश

में भी काफ़ी इज़ाफ़ा हुआ। प्रदर्शिनी में चुने हुए सभी चित्रकारों का बड़ा सम्मान भी किया गया, उन सबकी फोटो अख़बारों में छपी। ज़ाहिर तौर पर नीला की फोटो भी अख़बार में आयी और इससे उसे बड़ा ही बल मिला। कक्षा आठ तक आते-आते उसे उसका पूरा स्कूल, सारा मोहल्ला, और आधा शहर ''लेडी पिकासो'' कहने लगा था। वो अपनी पूरी हुई पेंटिंग को देखकर इतना सुकून पाती थी, जितना किसी मां को अपने खिलखिलाते लाड़ले को देख कर मिलता हो।

नीला ने अपनी पेंटिंग और ख़ुद की तस्वीर छपा वाला अख़बार सहेज कर रख लिया था। उसी वक़्त नीला ने दिल ही दिल में ये भी तय कर लिया कि एक ना एक दिन वो भी इतनी सारी अच्छी-अच्छी पेंटिंग बनायेगी और एक ऐसी प्रदर्शिनी लगायेगी, जिसमें सिर्फ़ उसकी ही बनाई पेंटिंग्स होंगी। ये एकल-प्रदर्शिनी का उसका निश्चय उसे हर वक़्त सोते-जागते याद रहने लगा। उसे तैल-रंगों का चस्का उसी वक़्त से लग गया था। हालांकि कोलाज, पेन्सिल-पोट्रेट और जलरंगों, तीनों में उसका हाथ साफ़ था, और इन तीनों ही विधाओं में उसे ईनामात मिले हुए थे, लेकिन फिर भी उसने तैल रंगों को ही अपनी पहली पसंद बनाया।

कभी-कभी रात-बेरात जागकर वो कैनवस ईज़ल पर खड़ा करती और पूरी रात हाथों से ब्रश फिराती गुज़ार दिया करती थी। ऐसा लगने लगा था कि ऑयल-पेंटिंग अब उसका नशा बन गया है, जो उस पर हर वक़्त तारी रहता है। तारपीन और अलसी के तेल से महकता उसका कमरा उसके रोम-रोम में ऊर्जा भर देता था। उसे नई उमंग, नई तरंग और नये जीवन का आगाज़ दे जाता था। उसे चारों तरफ़ फ़ैले हुए रंग, तेलों, कूचियों और पैलेट वाले, अपने कमरे में असीमित सुकून मिलता था। नीला तो जैसे इन जादुई रंगों वाली तिलस्मी दुनिया से, यानी की, अपने इस कमरे से बाहर निकलना चाहती ही नहीं थी।

चित्र बनाते वक़्त उसे खाने-पीने का होश भी नहीं रह जाता था। उसका लगा हुआ खाना मेज़ पर रखे-रखे ठण्डा हो जाता और उसे सुध ही नहीं होती थी। उसकी मां आकर उसे अपने हाथ से निवाले खिलाया करती थीं।

इस पूरे दौर में जब पेंटिंग और नीला की पढ़ाई ही उसका जीवन था, सिर्फ़ एक चीज़ थी जो उसकी तल्लीनता में बाधा बनती थी। ये बाधा उसकी स्कूल की कक्षा बढ़ने के साथ-साथ बढ़ती गई। यह भयावह चीज़, उसके मां-बाप के रिश्तों में बढ़ती हुई आपसी तल्खियां थीं। रात-बेरात उसके पिता की मां को दिये जाने वाली गालियां, दुतकारें, मारपीट, लताड़, बेइज़्ज़ितयां उसके जोश को कुछ कम कर जातीं थीं। उसने पिता से पिटती हुई मां के कुछ चित्र भी बनाये। जिससे चिढ़कर कुछ दिन उसके पिता उससे बात करना भी बन्द कर दिया करते थे, और भले ही इसके फलस्वरूप कुछ वक़्त ही सही, उसके पिता की आक्रामकता कुछ कम भी ज़रूर होती थी, लेकिन कुछ ही दिनों बाद वो फिर अपने रौद्र रूप में वापस आ जाया करते थे।

क्रोधाग्नि में जलते-भुनते हुए, नीला के पिता को, नीला के कोमल मन का ज़रा-सा भी अहसास नहीं था। उन्होंने रत्ती भर भी कभी नीला के अधूरे पड़े चित्रों की वजह जानने की कोशिश नहीं की, जबकि कि वो ख़ुद ही इस उपजते नैराश्य की एकमात्र वजह थे। नीला का पढ़ना-लिखना दूभर होने की भी उसके पिता को तनिक परवाह नहीं थी।

धीरे-धीरे नीला दसवीं में आयी। अब विज्ञान और कला वर्ग में कोई एक चुनना था, जिसमें से उसके पिता ने उसे विज्ञान वर्ग चुनने का आदेश दिया। उनका कहना था, कि उनके लिहाज़ से कला वर्ग से पढ़कर घास छीलने से बेहतर है विज्ञान पढ़कर कुछ डॉक्टर, इंजीनियर ही बन जाये। उनका मानना था कि नीला का दिल तो सिर्फ़ उसके कैनवस में अटका रहता था, शायद विज्ञान वर्ग ही उसे उसकी चित्रकारी से दूर कर दे। नीला की मां ने उस दिन दलील दी कि कला वर्ग में तो फिर भी पास हो जायेगी, विज्ञान के साथ अच्छे अंक लाना उस घर के कलुषित माहौल में सम्भव नहीं है।

लेकिन एक अच्छी विद्यार्थी रही, नीला ने पढ़ाई के साथ कोई समझौता नहीं किया और उसके साथ-साथ चित्रकला से भी नाता हर्गिज़ नहीं तोड़ा। उसने विज्ञान

की कठिन पढ़ाई में भी जीव-विज्ञान की अपनी मोटी फ़ाइलों में सिलेबस के सभी जीवों और वनस्पतियों के भी बेहतरीन चित्र बनाये। केवल फ़ाइलों पर चित्र बनाने से उसका दिल नहीं भरता था, इसलिए वो वक़्त निकालकर भी पेंटिंग बनाने से ख़ुद को रोक नहीं पाती थी। अपनी एकल-चित्रकला प्रदर्शिनी लगाने का उसका सपना, भौतिकी-रसायन को पढ़ते हुए, न्यूटन-आर्कमिडीज़-गैलिलियो के सिद्धांतों को याद करते हुए, फ़िटकरी-नमक-पानी के सूत्र रटते हुए, जीव-विज्ञान के कछुआ-मेढक-केचुए की चीड़फाड़ करते हुए, और वनस्पति-विज्ञान के हरित शैवालों को पढ़ते, खोजते हुए भी पूरी तरह से ज़िन्दा था।

घर के भीषण कलही माहौल में रहकर भी, नीला ने दो सालों में जी जान लगाकर दस-बारह बड़ी पेंटिंग तैयार कर लीं थीं। उसकी इन बड़ी आकार की शानदार पेंटिंगों में जिनके शीर्षक ''वात्सल्य'', ''प्रारब्ध'', ''जीवनदान'', ''ब्रह्माण्ड'', ''प्रारम्भ'', ''अवसान'', ''मंथन'' आदि थे, इन्हें पहले ही शहर के सांस्कृतिक केन्द्रों, संग्रहालयों और विश्वविद्यालय के साथ ही कई उच्च संस्थानों की कई उम्दा प्रदर्शिनियों में बेहद सम्मानजनक स्थान मिल गया था। दसवीं में पढ़ने वाली लड़की के लिए ये एक बड़ी उपलब्धि थी, नीला खुश तो बहुत थी लेकिन फिर भी उसके दिलो-दिमाग़ पर एकल-चित्रकला प्रदर्शनी और बोर्ड की परीक्षा का जुनून एक जैसा हावी था।

लेडी पिकासो का शौक़ जुनून की तरह सर चढ़ कर बोल रहा था।

ooo

नीला के अथक प्रयासों के चलते उसे बोर्ड परीक्षा में मेरिट में जगह मिली और साथ ही दसवीं कक्षा पास करते-करते उसके पास चौदह-पन्द्रह शानदार पेंटिंग तैयार थीं।

जिस तरह, नीला की बूढ़ी होती मां का सम्बल, उसका आशीर्वाद उसे पल-प्रति-पल आगे बढ़ा रहा था ठीक उसी तरह उसके पिता की उदासीनता और दु:खी करने वाला रवैया भी अपनी तेज़ गति से पूरे शबाब पर था। उसे जेबख़र्च मिलने

एकदम बन्द हो चुके थे। बाप-बेटी की आपसी बातचीत एकदम बन्द थी। उसे बाहर आने-जाने के लिए घर की गाड़ी मिलना बन्द हो गयी थी।

इतनी बड़ी हवेली में रहते हुए और घर में तीन-तीन शानदार कारों के होते हुए भी नीला अपनी भारी-भारी पेंटिंग अपने सिर पर ढोकर प्रदर्शनियों में खुद ले जाया करती थी। संस्थानों की उसके घर से दूरी, आंधी-पानी, कड़ी धूप और जाड़ा-पाला उसके इरादों को कभी हिला नहीं पाती थी। उसके घर के नौकर-चाकर उसकी मदद को आगे आए तो वे भी उसके पिता की डांट सुनकर दूर-दूर छिटक गए। लेकिन नीला अनवरत अपने इस शौक़ को पूरा करने के लिए लगी हुई थी, जैसे कि वो दृढ़प्रतिज्ञ थी अपने जुनून के पीछे। उसके ज़ेहन में सिर्फ़ और सिर्फ़ उसकी एकल प्रदर्शनी और सिलेबस ही घूमता रहता था।

जब दसवीं के परीक्षाफल में प्रदेश की मेरिट-लिस्ट में नीला को जगह मिली थी, उस वक़्त उसे कई सारे वज़ीफ़े भी मिले थे। उसके स्कूल से, उसकी टीचरों से, प्रदेश-सरकार से, मेधावी बच्चों की हौसला-अफ़ज़ाई करने वाले कुछेक वित्तीय-संगठनों से भी जो सारे इकट्ठे करने पर तकरीबन बीस-तीस हज़ार की रक़म जुड़ गई थी। उसके साथ की पढ़ने वाली कुछ और तेज़ लड़कियों को भी कुछ स्कॉलरशिप मिली थीं। लेकिन उन सबने खूब सारे कपड़े, ब्रान्डेड जूते-चप्पल, सोने की बालियां और पर्स-बैग जैसे रोज़मर्रा के ज़रूरी सामान ख़रीद कर अपने शौक़ पूरे किये थे। लेकिन नीला ने सिर्फ़ और सिर्फ़ बड़े-बड़े कैनवस, अच्छे महंगे ब्रशेज़ और रंगों के खूब बड़े-बड़े डिब्बे खरीद डाले और फिर अपनी धुन में मस्त होकर चित्र बनाने में लग गई थी।

घर का ज़हरीला वातावरण बद से बदतर होता जा रहा था। उसका छोटा भाई भी पढ़ने जाने लगा था। पिता को बाहर की ऐरी-ग़ैरी महिलाओं से फ़ुरसत नहीं मिलती थी। मां की सेहत दिन-प्रतिदिन गिरती जा रही थी। उसके पिता के दिये हुए ताने और मानसिक यातनाएं उसकी मां को और बीमार बना रहीं थीं।

नीला इस साल ग्यारहवीं कक्षा पास कर चुकी थी। भले ही घरेलू-झगड़ों और

पेंटिंग के सामानों की क़ीमत में कितना भी इज़ाफ़ा होता गया, लेकिन नीला की चित्रकारी को लेकर रुचि यथावत बनी हुई थी। और ग्यारहवीं क्लास को छोड़ते वक़्त उसके पास कुल जमा अट्ठाईस अच्छी प्रदर्शनी में रखी जाने लायक़ पेंटिंग बन चुकी थीं। उसने इन नई बनी पेंटिंग्स को ''राजनीति'', ''इन सर्च ऑफ़ लाइफ़'', ''घात'', ''संगीत'', ''प्रकृति'' जैसे आकर्षक शीर्षकों से सजा दिया था। उसने इन सारे क़ीमती और बेइन्तिहां परिश्रम से बनाए हुए एक-एक चित्रों को सहेजकर, एकल-प्रदर्शनी की जीती-जागती हसरतों के साथ, मां की पुरानी सूती साड़ी में, लपेटकर रखना शुरू कर दिया था। उसे अहसास हो रहा था कि उसके ख़्वाबों को पूरा होने में अब ज़्यादा वक़्त नहीं रह गया था।

लेकिन होनी को कुछ और ही मंज़ूर था। सोचा कुछ और गया था, होना लेकिन कुछ और ही था। क्लेश से भरे कलुषित दिनों के दौरान एक वक़्त ऐसा आ ही गया जब नीला के पिता ने उसकी मां को धक्के देकर घर से बाहर निकाल दिया, और एक दूसरी महिला के साथ रहने का तय कर लिया। तेज़ बारिश वाली अगस्त की उस रात को वो बूढ़ी औरत बुख़ार से कंपकंपा रही थी। नीला और उसका भाई भी खूब चीख-चीखकर रोये जा रहा था, लेकिन उस रोज़ भी, उन दोनों के पिता को रंजमात्र भी दया-दीन-धरम का कोई ख़याल छू नहीं सका था। उस रात मोहल्ले वालों का कहना-सुनना भी बेमतलब ही सिद्ध हुआ। नीला घर की चौखट पर, अपने छोटे भाई और मां को संभालती बिसूरे जा रही थी।

अड़ोसी-पड़ोसी की मदद से मां सरकारी-अस्पताल में दाख़िल हुई। छोटा भाई सहमा-सहमा अपनी दीदी से चिपका रहा।

लेडी पिकासो लाचार खड़ी रो रही थी।

ooo

ईश्वर की कृपा और मोहल्ले वालों की मेहरबानियों से उस रात नीला की मां की जान बच गई थी, और हमदर्द पड़ोसियों के रहम-ओ-करम से इस टूटे हुए परिवार

का जीवन नई गति से चलने लगा था।

नीला ट्यूशन पढ़ाने लगी।

छोटा भाई फिर से स्कूल जाने लगा।

मां की सेहत शान्ति और सुकून के रहते संभलने लगी।

इस ग़रीबी और तंगी में, लेकिन फिर भी शान्ति के माहौल में नीला ने बारहवीं पास की। इस बार उसका नाम मेरिट में तो नहीं था लेकिन प्रथम श्रेणी फिर भी मिल गई। पढ़ने में काफ़ी अच्छी होने के नाते नीला को पास के ही एक स्कूल में अति साधारण तनख़्वाह पर नौकरी मिली। ट्यूशन तो जो चल रहे थे, सो अलग।

उसने आगे पढ़ाई जारी रखने के लिए बीए में दाख़िला भी ले लिया।

नीला के जीवनचर्या अब काफ़ी कठिन हो गई। सुबह चार बजे से उठकर ख़ुद अपनी पढ़ाई करना। सात बजे नज़दीकी विद्यालय में पढ़ाने जाना। दो-तीन बजे तक लौटकर ट्यूशन पढ़ाना, फिर शाम सात-आठ बजे तक ख़ाली होकर कॉपियां जांचना, और अपनी ख़ुद की पढ़ाई करते-करते सो जाना। अगली सुबह फिर चार बजे उठना।

कभी-कभार उसे कॉलेज जाना भी होता था। कभी एनरोल्मेण्ट के लिए, कभी रजिस्ट्रेशन के लिए तो कभी लायब्रेरी-कार्ड को लेने और किताबें जमा करने के लिए। बीए के लिए हुए दाख़िले में ये सभी ज़रूरी था। वैसे भी बिना एक भी लेक्चर के वो अपने दम पर अपना सिलेबस पढ़ ही रही थी। ऐसे मुश्किल और ज़रूरी मौक़ों पर नीला अपने सात से दो बजे वाले स्कूल से अपनी तनख़्वाह कटाकर कॉलेज जाती। ट्यूशन में छुट्टी लेना सम्भव नहीं हो पाता था। वरना तो मारामारी के उस बोझिल दौर में ट्यूशन के बच्चों का हाथ से निकलना बड़ा आसान था। उन बच्चों के मां-बाप को भी लग सकता था कि वे नीला को भीख दे रहे हैं, उसके परिश्रम का मेहनताना या वेतन नहीं।

लेकिन इस भीषण जद्दोजहद के दौर में दिल को द्रवित करने वाला एक परिवर्तन भी आया। ये दर्दनाक परिवर्तन नीला के जीवन से रंगों का अस्तित्व ख़त्म कर चुका

था। अब उसे ना चित्र बनाने की सुध थी, ना चाव, ना लगाव, ना संसाधन और ना ही एक भी क़तरा वक़्त ही बचता था। उसे घर का भाड़ा, आने-जाने का किराया, राशन का सामान, छोटे भाई की फ़ीस, मां की दवाएं और अपनी क़िताबों की चिन्ता हर वक़्त खाये जाती थी। कपड़े-लत्ते, साज़-ओ-सामान, खाने-पीने की क़ीमती और स्वादिष्ट चीज़ों के बारे में उसने सोचना ही छोड़ दिया था। भला महंगाई के उस दौर में पेंटिंग के सामान का कहां से सोचती? नीला हंसाना-मुस्कुराना एकदम भूल गई थी। सिर्फ़ उलझी-उलझी रहती थी, गुमसुम-सी, खाने-कमाने और दो मासूम प्राणियों की पालनहार बन चुकी थी। अब तो स्कूल की चित्रकला की कक्षा के भीतर झांकने से भी उसका दिल घबराता था। उस कमरे के आस-पास से आती तारपीन के तेल की महक उसे तक़लीफ़ देती थी। वो उस कमरे से जैसे बचकर गुज़रती थी। रास्ते चलते, सड़क के किसी सुन्दर चित्र को देखकर उसे पिता के घर सहेजकर रखी हुई अपनी पेंटिंग्स की याद गाहे-बगाहे आ जाती थी, लेकिन दूसरे ही पल अपनी किराये की टपकती छत, मां की तार-तार हुई पुरानी साड़ियां, भाई के फटे स्कूली-जूते, टूटे टिफ़िन-बस्ते, उसके फूटे खिलौने, मिट्टी के तेल का ख़ाली होता डिब्बा और घर के लुढ़कते हुए ख़ाली कनस्तर याद आ जाते और वो फिर नये ट्यूशन के बारे में चिन्तित हो उठती। इस चिन्ता के ज़ेहन में लहर मारते ही, उसके क़दम और भी तेज़ हो उठते थे।

लेडी पिकासो की दुनिया बहुत बेरंग हो चली थी।

ooo

उधर उसके घर में सौतेली मां का साम्राज्य ऊंची पताकाओं के माफ़िक लहरा रहा था। इस औरत ने नीला और उसकी मां के तकरीबन जोड़े हुए सभी सामान एक-एककर कबाड़ में दे दिये या नौकर-चाकरों में तक़सीम कर दिये, और इसके एवज में वाहवाही भी पायी। नीला के पेंटिंग के सभी औज़ार और रंग-कूची-ईज़ल सब कूड़े में फेंक दिये। एक बार कामवाली बाई ने झाड़न के लिए कपड़ा मांगा तो उसकी

सौतेली मां ने चित्रों में लपेटी सूती धोती खींचकर उसके हवाले कर दी। उसने अपनी सौतिया-डाह इन ढेर सारी ख़ामोश चीज़ों से मन भर के निकाली।

जब उसकी नज़र उन पेंटिंग्स पर पड़ी, तो बहुत देर तक वो उन सारे तीस-चालीस चित्रों को एक-एक कर, सामने रखकर निहारती रही। उन मनमोहक, बोलते चित्रों ने उस प्रपंची महिला पर भी अपना जादू चला दिया था। उसे जाने क्या सूझा उसने अलग-अलग जगहों को चुनकर, पूरी हवेली में, ये सारी पेंटिंग्स सजा दीं। ''प्रारम्भ'' टाइटिल वाला गणेश जी का बेहद आकर्षक और कलात्मक चित्र उस औरत ने हवेली के मुख्य दरवाज़े पर टांग दिया। ''ब्रह्माण्ड'' नाम का चित्र, जिसमें सारा अंतरिक्ष और ढेरों सूर्य-चन्द्र-ग्रह-नक्षत्र और असंख्य सितारे चमकते हुए अपनी आभामंडल से वातावरण को रौशन कर रहे थे, उसे उसने मेन-ड्रॉइंग-रूम में और 'वात्सल्य' सहित कुछ और चित्र ख़ुद अपने कमरे में लगा दिये। इस तरह एक-एक कर सारी की सारी ''सोलो-एक्ज़ीबिशन'' के लिए जतन से संजोई हुई पेंटिंग्स हवेली की ख़ूबसूरती बढ़ाने लगी। लेकिन ये शोभा ज़्यादा दिन टिक ना सकी। हवेली पुराने ज़माने की थी, इसलिए दिन-रात एक कर के और तमाम मानसिक-संतापों को झेलने के बाद बनी ये तस्वीरें, उस पुरानी हवेली की जर्जर दीवारों पर एक-एक कर, टंगी-टंगी ही मृत्यु को प्राप्त हुईं।

ये आई हुई, हवेली की नई मालकिन, हवेली के मालिक पर राज कर रही थी, क्योंकि ये एक जवान देह थी। बीमार भी नहीं रहती थी। उसने उसे ये अहसास दिलाने के लिए ही सारी पेंटिंग्स सजाई थीं ताकि हवेली का वो मूर्ख-मालिक, ये समझ सके कि उसे उसके पिछले बच्चों से अभी भी लगाव है, उसके दिल में उन सौतेले बच्चों के लिए कोई रश्क़-बैर और दुर्भावना भी नहीं है। लेकिन फिर भी उसके फ़रेबी व्यवहार और उसकी कलुषित साज़िशें, हवेली को नया जीवन नहीं दे सकतीं थीं। हवेली अन्दर से खोखली हो चली थी। उसके दर-ओ-दीवार उसके मालिक की तरह संज्ञाशून्य हो चुके थे। उस हवेली में अब ज़ज़्बात, फ़िक्र, परवाह, आत्मीयता, प्रेम, सौहार्द, स्नेह, वात्सल्य, ईमानदारी, वफ़ायें सब हमेशा के लिए,

समाप्त हो चुके थे। ठीक उसी तरह जैसे उसमें रहने वालों के दिल अब सिर्फ़ मतलबी, दुराचारी, और पूरी तरह से भावनाशून्य बन गए थे। हवेली और उसमें बसने वाले बाशिन्दे, दोनों ही भावनात्मक रूप से बेहद निर्धन हो चुके थे। बियाबान, सुनसान और वीरान हवेली में जगमगाती, स्नेहिल और तमाम सारी संवेदनाओं से ओत-प्रोत तस्वीरों का भला क्या औचित्य? फिर भी नई नवेली-मालकिन को चैन नहीं था, उसने अपने पति के हृदय में अपनी जगह मज़बूत बनाने के लिए पूरी हवेली में घूम-घूमकर, लेडी पिकासो यानी कि नीला की सारी पेंटिंग्स सजा डालीं थीं।

जिस दीवार पर ''मंथन'', ''घात'' और ''जीवनदान'' चित्र सजे थे वहां पहले से ही दीमक लगी थी। और उन दीमकों को इन तीन मासूम पेंटिंगों का ज़ायकेदार भोजन मिल गया। इसी तरह नीला के चित्र ''राजनीति'', ''इन सर्च ऑफ़ लाइफ़'', और ''प्रकृति'' सीलन भरी दीवारों की भेंट चढ़ गईं, उनके क़तरे-क़तरे सड़कर, महीनों गिरते रहे और झाड़ू-बुहारू में निकलते रहे। ''प्रारम्भ'' जिस कील पर लगाई गई थी, वो कमज़ोर थी, और ये डगमगा कर ज़मीन पर इस क़दर तिरछी आ गिरी कि उस कैनवस के तीन टुकड़े हो गए।

''वात्सल्य'' और ''प्रारब्ध' शीर्षक की पेंटिंग्स को नीला के वर्तमान सौतेले भाई-बहनों ने खेल-खेल में कुर्सी-स्टूल पर चढ़कर दीवारों से उतार लिया। उन्होंने उन सजीले चित्रों को खेलकूद में ही पैरों से ख़ूब रौंदा। उन पर चढ़कर नाचे-गाये, चाकू-छुरियां भी आज़माये, वे चित्र उन बच्चों के लिए ज़मीन पर बिछावन का काम कर रहे थे। ऐसा लगता था जैसे खाने-पीने से लेकर हगने-मूतने तक की सारी गतिविधियां उन्हीं पेंटिंग पर करने की उन नादानों ने क़सम उठा रखी है। और इस तरह, अंतत: उन दैत्य-वंशजों ने उन नाज़ुक चित्रों को बुरी तरह चकनाचूर करके ही दम लिया।

''अवसान'' बाथरूम के पास लगाई गई थी, उस पर तेल-मंजन-साबुन और गर्म-ठण्डे पानी के इतने छींटें पड़े कि वो पहचानने लायक ही नहीं बची।

''मंथन'', नीला की सौतेली मां ने खुले बारामदे की सुन्दरता बढ़ाने के लिए लगाई थी, जिस पर चिड़ियों के बेशुमार बीट-घोंसले और छिपकली के अण्डे

ज़्यादा दिखाई देने लगे थे। इन्हीं वैविध्यपूर्ण दुर्गति और दुर्दशाओं के चलते नीला के एक-एक करके सारे चित्रों का सत्यानाश हो गया। बिना किसी पण्डित-पुरोहित को बुलाये ही उन दिन-रात की अथक मेहनत से लबरेज़, ज़हरीले मनोभावों में रहकर, बेहिसाब दिमाग़ी तक़लीफ़ों और अनगिनत पीड़ा को झेलकर, बनाये हुए सारे चित्रों का अंतिम-संस्कार पूरे विधि-विधान से कर दिया गया।

लेडी पिकासो का असल स्वरूप मिटाया जा चुका था।

०००

आज जन्माष्टमी की छुट्टी थी।

नीला का स्कूल, जहां वो पढ़ाने जाती थी, चार दिन के लिए बन्द था। क्योंकि इस सरकारी स्कूल में म्यूनिसिपैल्टी वालों ने झांकी सजा रखी थी।

नीला का कॉलेज भी आज के दिन बन्द था।

ट्यूशन वाले बच्चों के मां-बाप ने आज ख़ुद छुट्टी करवा दी थी।

नीला का बीए का परीक्षाफल भी आ चुका था।

इन कुछेक वजहों के चलते नीला आज अपने बोझिल और तयशुदा दिनचर्या में ज़रा-सा हल्का महसूस कर रही थी।

नीला मेरिट में जगह तो बीए में भी नहीं पा सकी, लेकिन उसकी हाड़-तोड़ मेहनत को, प्रथम श्रेणी आज भी हासिल हुई थी।

मां के कहने पर छोटे भाई को लेकर वो नज़दीक के एक बड़े-से मन्दिर चली आयी।

मन्दिर में ख़ासी चहल-पहल थी। भक्त-पुजारी, फूल-माला वाले, छोटे-मोटे फेरी वाले सब बड़े ही व्यस्त नज़र आ रहे थे। सब पर जन्माष्टमी का रंग छाया हुआ था।

नीला अपने भाई की उंगली थामे मन्दिर की छटा देख रही थी।

उसने मन्दिर के बीचोंबीच देखा कि करीब आठ-दस छोटी-छोटी लड़कियां बड़े ही उत्साह से चहक-चहक कर मन्दिर के बड़े से आंगन में रंगोली सजा रही हैं। वो

उन्हें बड़े ही ग़ौर से देखने लगी। वो लड़कियां एक खूब बड़ा-सा मोर बनाने की कोशिश कर रहीं थीं। नीला के दिल में, उस नज़ारे को देखते हुए बेहिसाब ख़याल आते रहे और गुज़रते भी रहे।

वे लड़कियां उस मोर के पंखों पर उस लम्हे रंग भरती हुई हंसने-खेलने में भी मगन थीं। उनकी हंसी-ठिठोली की वजह से और कुछ लापरवाहियों के कारण भी मोर की पूरी तस्वीर ठीक से उभर कर आ नहीं पा रही थी। ये बात नीला को गवारा नहीं हुई। वो कुछ देर तक उन लड़कियों की चुहलबाज़ियां, तल्लीनता से देखती रही। फिर सहसा उसे जाने क्या धुन सवार हुई कि वो उन लड़कियों के पास पहुंच गई।

वहां जाकर नीला ने उन्हीं लड़कियों के कटोरी में रखे रंगों में से हरा और फिरोज़ी रंग लेकर मोर के पंख सुधारने शुरू कर दिये। उसने मोर का बेसिक ख़ाका फिर से खींचा, और उन पंखों को भी फिर से संवारा। नीला ने चमकीले और सुनहरे लकीरें स्पष्ट रूप से उभार दीं। लड़कियां उसे उत्सुकता से देखने लगीं और उसकी मदद भी करने लगीं। वो जब हरा रंग लेकर भर रही होती, तो लड़कियां भी हरा रंग भरने लगतीं। नारंगी, धानी, गुलाबी, बसंती, गहरे नीले और ढेर सारे सभी रंग भरते समय भी लड़कियां उसका अनुसरण करने लगीं। नीला ने मोर की चोंच और कलगी भी सुधार दी। थोड़ी देर में मोर सही आकृति और सटीक रंग-स्वरूप पा गया। मोर सजीव हो उठा। लड़कियां तो बिलकुल ही निराले अंदाज़ में प्रसन्न हो गईं। उन्होंने एक-एक कर नीला का गाल प्रेम और ख़ुशी से चूम लिया। नीला उन लड़कियों के संग मुस्कुराने लगी। वो लड़कियां अब चहकते हुए कोई ना कोई गीत भी गाने लगीं। नीला के चेहरे, कपड़ों और हाथ-पैरों पर भी कई सारे रंग लग गए थे। लेकिन फिर भी नीला हंसने लगी थी।

वो धीर-धीरे खड़े होकर अपने कपड़े झाड़ने लगी। लेकिन फिर भी नीला खुश थी। आज कई ज़माने बाद वो खुलकर हंस रही थी। उसने आज महसूस किया कि इन बेरहम रंगों से जितनी दूरी वो क़ायम करना चाहती थी, वो उसमें हर्गिज़ सफल नहीं हो सकी है। नीला को इन रंग-बिरंगे रंगों से आज भी बुरी तरह से नफ़रत नहीं हो

सकी है। उसने ढेर सारे चमकीले पंख पसारे खूबसूरत मोर को देखकर ये भी समझा कि आज भी वो अपना हुनर भुला नहीं सकी है, और ना ही उसका इन बेशुमार रंगों से बेहद पुराना प्रेम मरा ही है, बल्कि वो तो पूरा का पूरा ज़िन्दा है।

लेडी पिकासो को ज़माने वालों ने अरसों बाद हंसते हुए देखा था।

लेडी पिकासो का रंगों से प्रेम आज भी बाक़ी था।

सातवां आसमान

अलस्सुबह फिरोज़ा, अपनी सहेली सुधा के साथ हौज़ खास से मेट्रो पकड़ कर चांदनी चौक पहुंची।

कई बार आरिज़ से इल्तिजायें कर चुकी थी, लेकिन वे तो जाने को राज़ी ही नहीं हुए, दरअस्ल, मसरूफ़ियत इस कदर हावी थी के बहुत चाह कर भी राज़ी ना हो सके। तमाम बार वादाखिलाफ़ी की तोहमतें भी बर्दाश्त कर गए, लेकिन बदकिस्मती से, साथ-साथ जाना हो न सका।

ख़ैर, फिरोज़ा अपनी सहेली के साथ, आज अपनी पसंद की सैरगाह आ ही गई।

फ़ज़र की नमाज़ ख़त्म हुए अच्छा-खासा वक्त गुज़र चुका है। आसपास की दुकानें काफ़ी कुछ सज चुकी हैं, बाकी भी संवर रही हैं।

जामा मस्जिद की सरज़मीं हमेशा की तरह ख़ुशगवार है। बड़ा-सा अहाता, उसमें नाचते-गाते परिन्दों की कहकशां अमनपरस्ती के पयाम दे रही है।

दोनों सहेलियां मस्जिद की लम्बी-चौड़ी ढेर सारी सीढ़ियां चढ़कर, मस्जिद में दाखिल हुई। बढ़ते-बढ़ते एक मीनार देखा और दोनों ठहर गईं, पता चला चढ़ने के लिए टिकट खरीदना पड़ेगा, दोनों आपस में बातें करने लगीं।

'यहां चढ़ने के लिए टिकट लेना पड़ेगा, ये भी भला कोई बात हुई?'

'मस्जिद के अहाते में गुन्डा-टैक्स? लाहौल-वलाक़ुव्वत! चलो मौलवी से बात करते हैं।'

'क्या बात करोगी फिरोज़ा। रोज़-रोज़ तो यहां आना होता नहीं, चल टिकट

ख़रीद लेते हैं चुपचाप, क्यूं टाइम ख़राब करें अपना!'

'चलो ठीक है, जो तुम्हारी मर्ज़ी वरना कहोगी आते ही झगड़ने लगी।'

फिरोज़ा टिकट-खिड़की को मुख़ातिब हुई, 'सुनिये मीनार पर चढ़ने के लिए दो टिकट दे दीजिये।'

'कौन-कौन जायेगा?' टिकट वाले ने पूछा।

'कौन-कौन से क्या मतलब है आपका? दो लोग जा रहे हैं, दो टिकट मांगे हैं मैंने।'

'हां तो मैं वही पूछ रहा हूं, कौन दो लोग?'

'आपसे मतलब के कौन दो लोग, नाम लिखना है क्या जी?'

'नहीं, नाम नहीं लिखना है, आप बताईये कौन आपके साथ जायेगा?'

फिरोज़ा को उसकी बात बड़ी अजीब लगी, फिर भी उसने जानकारी पेश कर दी,

'अरे भई, एक मैं हूं, और एक ये मेरी सहेली है मेरे साथ में।'

'नहीं, तुम दोनों अकेले नहीं जा सकते मीनार पर!' टिकट वाले ने बेहद अटपटा-सा फ़ैसला सुना दिया।

ज़ाहिर है, इस पर फिरोज़ा भड़क गई, 'आप का दिमाग ठीक जगह है के नहीं जनाब? जब आप देख रहे हैं के हम दो हैं, और हम दोनों ही आपके सामने साबुत खड़े हैं, तो भला अकेले कैसे हो गए, बताइये?'

'कहा ना, नहीं जा सकते तुम लोग। बस्स'

फिरोज़ा तैश में आ गई। चिल्ला कर बोली, 'क्यूं नहीं जा सकते?'

'लड़कियां अकेले नहीं जा सकतीं, वक़्त ज़ाया ना कीजिये। जाइये यहां से।'

टिकट वाले ने टका सा जवाब दे दिया।

अब की बार, खामोश खड़ी सुधा ने पूछा, 'काहे नहीं जा सकती लड़कियां अकेले?'

'किसी मर्द को साथ लाओ, तभी जाने दिया जायेगा,' टिकट वाला अब उन दोनों को नज़रअन्दाज़ करके, बाकी पब्लिक को टिकट बेचने लगा।

दोनों सहेलियां हैरानी में पड़ गईं। सुबह-सुबह तैयार होकर बड़े जोश-ओ-खरोश के साथ जामा मस्जिद देखने आयीं थीं। यहां तो मामला एकदम ही अलहदा निकला, बाहर से खड़े होकर बड़े-बड़े गुम्बदों का, खूबसूरत झरोखों का केवल दूर से नज़ारा करो। ढेर सारे टूरिस्टों को तमाशे की तरह देखो, शानदार ऊंची-लम्बी मीनारों को, उन पर कसीदाकारी जैसी जालियों को यूं दूर-दूर से निहारो, गोया वे आसमान में उड़ने वाले हवाई-जहाज हों और हम ज़मीन के कीड़े-मकोड़े, बस!

बस, और क्या, फिर अपनी राह चलते बनो।

भला ये भी कोई बात हुई! ऐसे ही मस्जिद देखना था तो किताबें या फिर फ़ोटुएं क्या बुरी थीं, घर बैठे ही देख लेते। हौज़ खास से यहां तक पदने की क्या ज़रूरत थी? मेट्रो, फिर रिक्शा, फिर पैदल-चलाई की ज़हमत उठाना सब पानी में गया।

सुधा ज़्यादा उदास थी या के फिरोज़ा, कहना मुश्किल था, लेकिन दोनों ही टिकट-काउन्टर से कुछ फ़ासले पर खड़ी हुई अपने-अपने ख़्याल ज़ाहिर करने लगीं।

सुधा बोली, 'ये मस्जिद है के ड्रामा?'

'पता नहीं क्या बात है। मालूम होता है, हम दोनों से पहले से ही चिढ़ा बैठा था!'

सुधा ने एक कयास लगाया, 'मैं हिन्दू हूं, ऐसा कोई मामला तो नहीं?'

'आज तक तो ऐसा कहीं नहीं हुआ, हम लोग कितनी जगहें साथ गए हैं, अल्ला जाने यहां ऐसा क्या पेंच है!'

कुछ सोचकर फिरोज़ा फिर बोली 'मैं सोचती हूं। मुझे एक बार फिर कोशिश करनी चाहिए, मैं बात करके आती हूं तुम यहीं ठहरो!'

इतना कहकर फिरोज़ा फिर टिकट वाले तक पहुंची।

'जनाब हम आपकी बात नहीं समझे, ज़रा फिर से समझायेंगे?'

'अब इसमें समझना-समझाना क्या है? इस मीनार के अन्दर, औरत ज़ात बिना मर्द के नहीं जा सकतीं, बस सीधी सी बात है।'

'लेकिन भाई, क्यूं नहीं जा सकतीं, ये भी तो बताओ।' फिरोज़ा दिल ही दिल में सैकड़ा-भर गाली दिये जा रही थी, लेकिन ज़हिराना तौर पर, ज़बान से तहज़ीब की बूंदे टपका रही थी।

'मना है अकेली औरत का जाना, इसलिए नहीं जा सकतीं।'

'ठीक है मना है, लेकिन मना क्यूं है? कोई दीनी-मज़हबी मसला है क्या? मेरे साथ वो हिन्दू लड़की है, क्या यही मसला है?'

'नहीं नहीं इससे कोई फ़र्क नहीं पड़ता, के जाने वाली किस मज़हब की है।'

'मतलब किसी भी मज़हब की कोई भी लड़की किसी भी मर्द याने आदमी के साथ जा सकती है?'

'हां, उसमें हमें कोई एतराज़ नहीं।'

'लेकिन औरत-आदमी साथ नमाज़ तक तो पढ़ नहीं सकते, साथ वुज़ू नहीं कर सकते। दुनिया भर की तो पाबंदियां हैं, फिर यहां कौन सी अशरफ़ियां बंट रहीं कि साथ जाना ही कानून है, बोलिए बोलिए भई।'

'बस औरत ज़ात अकेली नहीं जायेगी, यही हुक्म है।'

'हुक्म है? किस का हुक्म है? किस कम्बख़्त का ये बेहुदा हुक्म है, आप नाम तो बताईये ज़रा, क्या शाहज़हां वसीअत करके खुदा को प्यारे हुए थे के, ताजमहल लाल-क़िला जाने देना, लेकिन औरत ज़ात को अकेले जामा मस्जिद की मीनार मत लांघने देना।'

'आप क्यूं बार-बार मेरा और अपना वक्त ज़ाया करने चली आतीं हैं, जाइये यहां से, बिना किसी मर्द के आप अन्दर नहीं जायेंगी बस्स।'

'तो आप ही चले चलिए, आप मर्द नहीं हैं क्या? क्या कोई शक-शुबहा है इसमें भी आपको?'

आस-पास खड़ी पब्लिक फिरोज़ा की बातें सुनकर हंस पड़ी।

टिकट वाला अब और ज़्यादा चिड़ गया, उसने टिकट खिड़की भड़ाक से बन्द की और काउन्टर से बाहर आकर, तमतमा कर चिल्लाया, 'मैं चला गया तो

यहां टिकट कौन बेचेगा? बहस करती चली जा रही हो, चलो अब फ़ूटो तो यहां से, बदज़बान लड़की!'

फिरोज़ा तो आज जैसे उस आदमी का सेर भर खून जलाने ही आयी हो, उसकी मुहिम जारी रही, 'अरे तो इतना चिढ़ने की क्या ज़रूरत है, हम महज दस-पन्द्रह मिनट में लौट आयेंगे और फिर आप कहते हैं आप टिकट बेचने बैठे हैं यहां, लेकिन टिकट-खिड़की तो आपने खुद ही बन्द कर दी, मुझसे लड़ने के ख़ातिर। जब तक मुझसे उलझ रहे थे, तब तक तो मीनार के कम-अज़-कम दो-तीन फ़ेरे तो हो ही जाते, हुंह।'

किसी लड़की की बार-बार आती तेज़ आवाजें और लगातार बहस-मुबाहिसा जैसी दलीलें सुनकर मस्जिद का एक बुज़ुर्ग मुलाज़िम, फिरोज़ा को समझाने आगे बढ़ा, 'रुकिये रुकिये, तमाशा ना बनाइये, विला वजह झगड़े से क्या हासिल? मैं बताता हूं। दरअस्ल बात ये है, के कुछ वक्त पहले यहां एक हादसा हुआ था, इसी मीनार से एक खातून ने कूदकर खुद्कुशी की थी, तभी से हुक्मरानों की ओर से ये फ़रमान जारी हुआ है के औरतें अकेली मीनार के भीतर नहीं जायेंगी। आप अपने वालिद, भाई, चचा किसी को भी ले आईये, उनके साथ धड़ल्ले से ऊपर तक जाइये, और अगर आप चाहें, तो अपने दोस्त या माशूक के साथ भी अन्दर आराम से जा सकती हैं, हममें से किसी को, कोई ऐतराज़ ना होगा।'

'ये बात आपका बेअक़्ल इन्सान नहीं बता सकता था, ये जो उल्लू की दुम चीखे जा रहा है? ख़ैर, आपका शुक्रिया जो आपने हमारी कम-जानकारी को दुरुस्त किया, अब हम किसी के साथ ही आयेंगे, खुदा हाफ़िज़।'

फिरोज़ा की नाराज़गी कुछ कम हुई। उसने सुधा को भी समझाया और दोनों अपने-अपने आशियाने को रवाना हुईं।

अगले दिन, फिरोज़ा ने आरिज़ के दफ़्तर का रुख किया, धड़धड़ाते हुए वो सीधा आरिज़ के केबिन में घुसी और उसी तेज रौ में बोलने भी लगी, 'आप यहीं कुर्सी पर धरना दिये बैठे रहना और कलम घिसना, बस्स। मेरी किस्मत पर सियाही उड़ेलते

रहना, ठीक है! मैं बड़ा मोहब्बत करता हूं, ये करता हूं, वो करता हूं, पता नहीं क्या ख़ाक़ करते हो? वहां सर-ए-आम मेरी बेइज़्ज़ती होय तो होय, लेकिन आपको इस्से क्या वास्ता, हुंह?'

'हुआ क्या है, कुछ कहो भी? इस तरह क्यूं उखड़ी हुई हो?' आरिज़ ने हमेशा की तरह सब्र की चाशनी में घोल कर अल्फ़ाज़ों को ज़बान दी।

फिरोज़ा ने जामा-मस्जिद का पूरा वाकया, उसके सामने तफ़्सील से बयान कर दिया।

आरिज़ ने अपने हमपेशा दोस्त को हालात की नज़ाकत समझायी और फिरोज़ा के साथ फ़ौरन निकलने की सूरत बनायी।

आज उसकी सारी मसरूफ़ियत धरी की धरी रह गई, मोहब्बत से बड़ी भला कौन-सी चाकरी, इश्क से बड़ी और कैसी नौकरी, कौन-सी मसरूफ़ियत और कहां की तीमारदारी! जब मियां आरिज़ आशिकी की दरिया में कूदे हैं तो अब आतिश और तूफ़ानों से क्या भागना? आख़िरकार वे उसी दम, दफ़्तर से बाहर निकल ही आए।

फिरोज़ा भी टिकट वाले की मनहूस शक्ल, ज़ेहन में टहलाकर बड़े ताव से आरिज़ के साथ हो ली. और पहुंचते ही फ़ट पड़ी, 'लो ले आयी मैं मर्द को; अब तो कोई तकलीफ़ नहीं तुम्हें, या अब भी कुछ दरियाफ़्त बाकी रह गई है, कोई कसर रह गई हो तो वो भी पूरी कर लो तब टिकट देना।'

टिकट वाला केवल घूरता रहा, ज़बान पर तो जैसे दही जम गई थी। ज़रूर बुज़ुर्ग मुलाज़िम ने इसे भी लड़की से तमीज़ से पेश आने की हिदायतें दीं होंगी।

आरिज़ ने फिर उसी शख़्स को आगे बढ़ कर समझाया, 'भाई, बुरा ना मानना, बड़ी शरीर लड़की है। यूंही बस शरारत में कह रही है। तुम दिल पे ना लेना। हमें केवल दो टिकट दे दो।'

फिर वो फिरोज़ा से मुतास्सिर हुए और इससे पहले के वो उसे कुछ समझाते वो मीनार के दरवाज़े तक उछल कर पहुंच चुकी थी।

मुस्कुराते हुए आरिज़ और खिलखिलाते हुए फिरोज़ा, दोनों ने मिलकर मीनार

के भीतर कदम रखा, फिरोज़ा के तो जैसे पर लग गए हों, वो ये चढ़ी के वो चढ़ी, आव देखा ना ताव, ये बड़ी-बड़ी सीढ़ियां फ़ुदक-फ़ुदक कर मानो, मिनटों में मीनार फ़तह कर लेना चाहती हो!

आरिज़ हाथ पकड़े साथ-साथ चल रहा था, फिरोज़ा ऐसा महसूस कर रही थी जैसे एक-एक सीढ़ी, एक-एक कदम, एक-एक बीतते हुए लम्हे, उसे सातवें आसमान तक पहुंचा देंगे।

मीनार की आखिरी सीढ़ी ने वाकई उसे वो बेशकीमती खुशी का लम्हा नवाज़ा, जिसका बयान अल्फ़ाज़ों से मुमकिन ना रह गया हो।

जैसे सच में उसने आज जन्नत को जीत लिया हो, या के ''सातवां आसमान'' पा लिया हो।

वेदना

कोई किसी से कम नहीं था। तीनों ही रुतबे वाले थे। राजधानी दिल्ली में तीनों ही पहचाने हुए नाम थे। वैसे भी इस वार्षिक डॉक्टर्स-मीट में, शहर के ही नहीं, बाहर से आए हुए भी सभी बड़े डॉक्टर शरीक होते थे। फिर आज तो क्या कहने। आज की पार्टी का सारा बन्दोबस्त डॉक्टर अमित चक्रवर्ती की ओर से था, और इस नाते वे इस बार की वार्षिक-मीट के मुख्य मेज़बान कहे जा सकते थे। क्योंकि डॉक्टर अमित, जो कि यहां इस वार्षिक-मीट में बाहैसियत औपचारिक सदस्य आख़िरी बार शिरक़त कर रहे थे, उन्हें अमेरिका का ग्रीन-कार्ड मिल गया था, अब वे वतन को अलविदा कहने की तैयारी में थे।

पूरे लॉन में घूम-घूमकर पार्टी का लुत्फ़ ले रहे थे, किसी का ख़ाली गिलास भरवा रहे थे, किसी के लिए कबाब मंगवा रहे थे। किसी को पनीर-स्लाइस पहुंचवा रहे थे, तो किसी की प्लेट में तली हुई झींगा के टुकड़े ''स्पेशल स्नैक्स ऑफ़ द डे'' कहकर जबरियन चखा भी रहे थे।

कभी किसी यार के लतीफ़े और प्रेम-प्रसंगों को सुन सुनकर यत्र-तत्र खींसे निपोरते भी नज़र आ रहे थे।

यूं तो पुरनिये बंगाली रिज़र्व किस्म के माने जाते हैं, आपसी बंगाली-टोले में ''आमि-तुमी'', ''आच्छे-जाच्छे'' की गुटरगूं से ज़्यादा ज़बान नहीं खोलते, लेकिन बुद्धिजीवी तबके का फ़लक बड़ा मिल जाये तो गुदड़ी में गुटरगूं करनेवाले कबूतर भी पंजा मारना सीख जाते हैं। इसकी मिसाल आज डॉक्टर चक्रवर्ती थे, जो उनके खी-खीकर खिखियाती हंसी से ज़ाहिर हो रहा था।

यहां एक प्रतिष्ठित डॉक्टर दंपति भी मौजूद थे। दोनों मियां-बीवी के साथ दोनों का अपना अपना ख़ानदानी नाम तो जुड़ा हुआ था ही, इसलिए उनकी जगह कुछ अलहदा थी। साथ ही तलाकशुदा डॉक्टर माहताब ने साठ बरस में नई प्रैक्टिशनर डॉक्टर, नमिता से हाल ही में शादी की थी, इस वजह से भी इस जोड़ी की तरफ़ सभी का ध्यान और निगाह बार-बार जाती थी। डॉक्टर नमिता की कुल जमा उम्र महज साढ़े बाईस साल थी। साज-सिंगार भी कम नहीं जानती थी, तिस पर नई ब्याही लड़की थी। अब माहताब साहब चाहे जितने बुज़ुर्गवार हों, नौशे-मियां तो नये ही थे। यूं तो शौक़ीन तबीयत वाली नमिता भी बड़े भारी नामी डॉक्टर ख़ानदान से आती थी। बाप-दादा, भाई-भतीजा, सभी शहर के जाने-माने डॉक्टर्स थे। लेकिन नमिता ये सब हाव-हबड़ छोड़कर, घरबार से अलग होकर दिल्ली आई थी। अपनी दुनिया बनाने, पढ़ने-पढ़ाने, दिल लगाने। डॉक्टर नमिता को हर्गिज़ बड़े नाम, शौहरत, दौलत का न तो शौक़ था, न दरक़ार। ये सब जो पैदाइशी हासिल था, वही तो छोड़कर आई थी! लाल-नीली बत्ती गाड़ियां घर के दालान में यूं खड़ी रहती थी, गोया चिड़ियों ने दालान की दुछत्ती पर घोसला ही बना लिया हो।

दिल की ख़ूबसूरती निहारना, दिल में उतरना और दिल का इलाज करना नमिता का शौक़ था। अब तो पेशा भी ऐसा ही मिल गया था। इसी सिलसिले में, एक दिन माहताब इत्तिफ़ाक़न नमिता से टकराये, और दोनों ने आव देखा न ताव, ब्याह रचा कर बैठ गए।

ग्लैमर की दुनिया में ऐसी शादियां कोई नई बात नहीं थीं। अब भला, जहां दौलत हो, शौहरत हो, चमक-दमक हो, दिन-रात जहां हुस्नो-जवानी के दांव लगते हो, कैरियर का पहला विकल्प ही डॉक्टरी देखा जाता हो तो फिर और क्या चाहिये। हिन्दोस्तान जैसे सबसे ज़्यादा आबादी वाले मुल्क़ में इससे बड़ी ग्लैमर की दुनिया भला और कौन सी होगी। वैसे भी एक ही ऑपरेशन में लाखों-करोड़ों के वारे-न्यारे करने वाली मेडिकल की रुपहली दुनिया किसी ग्लैमर की रंगीन-ज़हीन फ़िल्मी या साहित्यिक मायावी दुनिया से कम तो नहीं ही कही जा सकती।

ooo

आज दिल्ली के होटल अशोक के फ़ैले-पसरे लॉन में, जाम से जाम और नैन से नैन पुरज़ोर ख़ुमारी के साथ टकरा रहे थे। इस जश्न की रात में सुरूर सिर चढ़कर बोल रहा था।

हर एक पेशेवर डॉक्टर, (शपथ वपथ को भूल जाना चाहिये, यहां सिर्फ़ पेशे और पेशेवर होने की बात चल रही है) हर दूसरे पेशेवर डॉक्टर को पैनी निगाह से देखता था, और उसके रसूख़, कमाई और साथ ही उसकी बीवी के बदन को आंखों से तौल रहा था।

डॉक्टर माहताब की प्रैक्टिस उनकी पहली बीवी की मौत के बाद से ही काफ़ी मन्दी हो चली थी। बेटा बीसियों बरस से अमेरिका में जमा बैठा था। हाल लेने भी नहीं आता था। जाहिर है, जब उसने अपनी मां को भरी जवानी में बाप के तीन ज़हरीले अल्फ़ाज़ के साथ वीज़ा दिलवाया था, तभी से दिलो-दिमाग़ से पिंडदान कर चुका था।

लेकिन डॉक्टर साहब की रंगीनियों के दिन अभी पूरे नहीं हुए, ये नई बीवी नमिता उसका जीता-जागता प्रमाण थी।

आज डॉक्टर माहताब निहाल हुए जाते थे।

चमकते हुए आफ़ताब हुए जाते थे।

एक तो बगल में सजी-धजी नई रंगीन छोकरी, तिस पर चेहरे पर खिलता हुआ जमाल।

क्या बात!

जाम पर जाम, जाम पर जाम!

लेकिन बूढ़ा शरीर कितना भी उछल ले, कमसिन बत्तख तो बन नहीं सकता। ज़ईफ़ की खाल, कितने भी जतन कर ले, ज़ईफ़ी हटा नहीं सकती। झुर्री मिटा नहीं सकती। ज़रूरत से ज़्यादा मयकशी कितना ही दंड पेला हुआ बदन हो, संभाल नहीं सकेगा, फिर बुज़ुर्गियत में तो अल्लाह ही मालिक है।

माहताब नशे में चूर, हाथ में आधा भरा गिलास लिए इधर से उधर, एक कोने से दूसरे कोने, इस टेबल से उस टेबल, इस यार के दामन से उस यार की बाज़ुओं तक हलचल मचाये थे। कभी इस हसीन की महफ़िल, कभी उस परी का कूचा।

गाहे-बगाहे उसके ठहाके भी जश्न की रात के चिराग में दो चम्मच तेल उड़ेल रहा था।

नमिता चुपचाप एक टेबल पर बैठी माहताब को इधर-उधर झूमते, गाते-गुनगुनाते, लहराते देख रही थी।

रात बढ़ चली थी।

नमिता की टेबल के चारों ओर कुर्सियां लगाकर कई नये-पुराने डॉक्टर एक एककर घेरा बनाकर बैठ गए थे, परिचय ले-दे रहे थे, बातें कर रहे थे, उसे गौर से देख रहे थे।

'आजकल नया क्या कर रहीं हैं?' डॉक्टर विवेक शुक्ला ने सहजता से अपना परिचय देकर पूछा।

नमिता ने मुस्कुराते हुए माहताब की ओर इशारा करके कहा, 'देख तो रहे हैं आप शादी ही नई है।'

सभी खिलखिला दिये।

डॉक्टर प्रेम आहुजा ने गंभीरता से कहा, 'हैलो डॉक्टर नमिता, मैं प्रेम, प्रेम आहुजा फ़्रॉम चंडीगढ़। सुना है, बनारस की हैं आप?'

नमिता ने फिर मुस्कुराते हुए ही चुटकी ली, 'अब बनारस कोई मोदी की जागीर तो है नहीं? मैं भी उस शहर और उस मिट्टी पर अपना दावा कर सकती। यूं तो मोदी पंचाब का भी मालिक नहीं रहा, आपका तो पूरा ही दावा बनता है वहां?'

सभी हंस पड़े।

प्रौढ़ डॉक्टर महतानी ने अन्दाज़ से कहा, 'भाई मानना पड़ेगा, सेंस ऑफ़ ह्यूमर

और प्रेसेंस ऑफ़ माइन्ड दोनों ही बराबर पर्सेन्ट में मौजूद है आपमें!'

'महतानी जी गणित तो ख़ुदा क़सम मेरी गज़ब की कमज़ोर है, तो पर्सेन्टेज़ और रेश्यो का तो मैं जानती नही, हां सेंस और माइन्ड की चीराफ़ाड़ी ज़रूर सीख रही हूं आप सबसे।' नमिता ने धीरे से जवाब दिया।

इस बार सभी चुप हुए, धीरे से मुस्कुराकर रह गए। सभी को बख़ूबी समझ आ गया था, कि काठ की हांडी आंच पर एक बार ही चढ़ती है, और दाल उसमें केवल माहताब साहब की गली है।

अब एक बित्ते भर की लड़की की तेज़ ज़बान को मर्द समाज तो येन केन प्रकारेण अदा की चाश्नी में लपेटकर पचा गया, मगर ये बात 'जरन्ती महिला' को भला कैसे पचे।

सबको चुप देखकर डॉक्टर कुमुदिनी दधीचि, जो कि नाम की कुमुदिनी थीं, किन्तु असल में पूर्णरूपेण काले बबूल की छाल, छाया, फल, जड़ सबकुछ थीं, बीच में आ कूदीं, बोलीं, 'तुम्हारे मेडिकल कॉलेज में ख़ूबसूरत जवान भी तो बहुतेरे फिरते होंगे। हां अब स्ट्रग्लिंग लड़के भला किसे पसंद आने लगे! क्यूं नमिता तुम्हारा क्या ख़्याल है?'

नमिता कुछ कहे उससे पहले, आकांक्षा नाम की मन्थरा बीच में बोल पड़ी, 'आपने तो मेरे मुंह की बात छीन ली डॉक्टर दधीचि, मैं भी तो नमिता से बस यही पूछने वाली थी!'

अब नमिता इत्मीनान से बोली, 'सब लोग सवाल पूछ चुके हो, तो मैं जवाब भी दे दूं?'

डॉक्टर दधीचि उचकते हुए बोलीं, 'हां हां कहो कहो, कहो नमिता?'

नमिता ने अपनी वय के अनुसार मासूमियत से एक शेर कहा, 'जो भले हैं, वो बुरों को भी भला कहते हैं। न बुरा कहते हैं अच्छे, न बुरा कहते हैं। मेरी जानकारी के हिसाब से ये ग़ालिब साहब का है?'

सभी डॉक्टर ख़ुश हो गए, सारे दोस्त यार ,वाह वाह कहने लगे। कुमुदनी और

जल-भुताईं, तुनककर बोलीं, 'अभी नादान बच्ची हो नमिता तुम, बात हो रही जवानी और बुढ़ापे की, तुम अच्छे-बुरे का पहाड़ा सुनाने लगी।'

नमिता ने धीरे से फिर टुपका, 'फिर तो मुझे याद आता है,

''कभी वो दिन थे, कि तुम्हारा कोई जवाब न था,

और अब तो यूं कि जैसे तुमपे कभी शबाब न था।'''

महतानी ज़ोर से कह पड़े, 'वल्लाह क्या बात? नमिता आपने तो डॉक्टर कुमुदनी को आईना ही दिखा दिया!'

कुमुदनी का मुंह सिकुड़ता चला गया तो डॉक्टर ताबिश जो हाथ में मय का गिलास थामे अभी-अभी नमिता का शेर सुनकर ही नुमाया हुए थे, अचानक बोल पड़े,

'जवानी से ज़ियादा वक़्ते-पीरी जोश होता है,

भड़कता है, चराग़े-सुबहो, जब ख़ामोश होता है। अरे महफ़िल के छुपे हुए रुस्तमों एक ख़ाकसार हम भी मौजूद हैं यहां, एक नज़र इधर भी।'

सभी लोग ताबिश की आवाज़ सुनकर उसे देखने लगे। कुमुदनी भन्नाकर, 'खाना लग गया है, खाना चाहिये, वरना लेट हो जायेगा!' कहकर उठकर चली गई। बाक़ी डॉक्टर भी अब खाने की मेज़ की ओर रुख़ करने लगे। डॉक्टर करवरिया ने नमिता का ताबिश से परिचय कराया।

ताबिश ने फिर एक शेर मारा,

'लाये इस बुत को इल्तिजा करके,

क़ुफ़्र टूटा, ख़ुदा ख़ुदा करके।'

अभी शेर ख़त्म हुआ और वाहवाही के स्वर उठे ही थे, कि लॉन के दूसरे छोर से माहताब की तेज़ आवाज़ें सुनाई देने लगीं।

सभी का ध्यान उधर गया।

ऐसा मालूम पड़ता था कि माहताब की किसी से झड़प हुई है।

नमिता विचलित होकर उठी, सबकुछ छोड़कर माहताब के पास पहुंच गई।

पास जाकर पता चला छोटी सी बात थी, माहताब को अंसारी साहब अश्लील चुटकुला सुनाने को बेताब था, जिसे माहताब नहीं सुनना चाहता था। लेकिन अंसारी था कि हाथ धोकर ही नहीं, शराब की भट्टी में डुबकी लगाकर माहताब के पीछे पड़ गया था।

उसने जबरदस्ती माहताब को गले लगा लिया था, और वो छोड़ने का नाम ही नहीं ले रहा था। ख़ैर माहताब ने अंसारी को धक्का देकर छुड़ाया और तेज़ आवाज़ में दूर रहने की हिदायत दे डाली।

नमिता माहताब से बोली, 'चलिए खाना खा लीजिये, लेट होने लगा है अब। देखिये तो ज़रा घड़ी की तरफ़?'

माहताब ने कलाई की ओर देखते हुए कहा, 'हां हां चलो, बारह बज रहा है, ज़्यादा लेट हुआ तो कल सुबह उठने में बड़ी तकलीफ होगी, चलो खा ही लेता हूं।'

ooo

माहताब और नमिता अब दोनों एक ही मेज़ पर खाने की प्लेटों के साथ सुसज्जित थे।

विवेक, माहतानी, दधीचि, आहुजा, ताबिश सब धीरे-धीरे माहताब को जोड़ी की बधाई देकर इधर-उधर खिसक चुके थे। यूं तो मियां-बीवी को अकेला छोड़ना हिन्दुस्तानी तहज़ीब का हिस्सा है, लेकिन इस दंपति के साथ एक मसला ये भी था कि दोनों ही मुंहफट थे। दोनों ही के ख़ानदानों ने अनगिनत नये संघर्षशील प्रतिभाशाली डॉक्टर्स को अपने बल पर खड़े होने के लिए ज़मीन तैयार कर, कैरियर बनाया और नेम-फ़ेम बनाने के सभी संभव रास्ते खोले थे। आलम परिवार आज़ादी के पहले से नई प्रतिभाओं को अवसर देने का नेक काम शौक़िया तर्ज़ पर करता आया था। पूरी दुनिया, ख़ासकर दिल्ली में आलम के बसाये हुए लोग मेडिकल की दुनिया पर राज कर रहे थे। लेकिन माहताब को

पूछना लोगों ने कम कर दिया था, बड़ा नाम कमाये हुए लोगों को डर था कि असलियत कहीं ज़ाहिर न हो जाये। इसलिए वे माहताब आलम का नाम लेने से भी कतराते थे।

वैसे भी टुच्चे क़ामयाब लोग अपनी ज़मीन यूं भुला देते हैं, जैसे कि वो उस ज़मीन की पैदाइश ही न हों। और समाज ऐसे टुच्चों से अटा पड़ा है।

नमिता तो फिर भी नारीगत संकोच के चलते बात-बात पर बाप-दादा का नाम नहीं लेती थी, लेकिन माहताब तो एकदम ही बिंदास और भीषण किस्म का इन्सान था। ग़ैरों से मिली तक़लीफ़ इन्सान फिर भी निगल जाता है, लेकिन अपनों, ख़ासकर जिनकी रोटी का ठिकाना भी खुद किया हो, उनसे मिले धोखे ज़िन्दगी भर दंश बनकर सालता रहता है। और चूंकि माहताब जमे जमाये ख़ानदानी शौहरत, इज़्ज़त, दौलत को लात मारकर, बंगलौर में दफ़्नकर अपनी क़ाबिलियत और ज़ोरे-बाज़ू के दम पर दिल्ली आ बसा था, इसलिए उसका आत्मविश्वास सर चढ़कर बोलता था। रोज़ कुंआ खोदकर पानी पीने और पिलाने वाला बंदा था। किसी का अहसान लेना तो वो सोच भी नहीं सकता था। मौजूदा समय में, न जाने मेडिकल की दुनिया के जमकर पैसा कमाये हुए ऐसे कितने ही नाम थे, जो माहताब के ख़ानदानी बंगले में न सिर्फ़ गरीबी का रोना रोते सालों रोटियां तोड़ते रहे, बल्कि अपनी मित्र-मंडली सहित अड्डा जमाये छद्म संघर्ष के आवरण में ऐश करते रहे थे। और अब सारे पैंतरे, गुटबाज़ी, मक्खनपालिश, जूताचमकाई वग़ैरह का दांव खेलकर कोई न कोई जगह बनाकर बैठे थे। माहताब इन सबों की नस-नस पहचानता था।

अब जबकि रात काफ़ी गहरी हो चली थी, धीरे-धीरे लोग कम दिखने लगे थे, एक एककर खाना खाकर घर की ओर निकल रहे थे। कई अज़ीज़ भी रुख़सती की ओर थे। कई सारे तो जा भी चुके थे।

शराब की ख़ुमारी में कुछ शान्ति के लम्हे पायी हुई माहताब की आंखों के सामने डॉक्टर चक्रवर्ती की दी इस पार्टी में अपने बीते हुए दिन रह रहकर गुज़रने लगे थे।

जब बंगलौर शहर अपने प्रदेश में ही नहीं बल्कि पूरे देश में मेडिकल संसार का केन्द्र हुआ करता था। उस ज़माने में हर बड़ी संस्था, हर बड़ा अस्पताल और हर नामी डॉक्टर माहताब के बंगलों में होने वाली वक़्त-बेवक़्त के जलसों में अपनी उपस्थिति को तमगे की तरह लेता था, और आलम-परिवार से नज़दीकियां बता बताकर ख़ुश होता था। उन आयोजनों का हिस्सा होना ही शहर भर में शान की बात होती थी। माहताब आलम आज नमिता के बगल में खाने की सजी हुई प्लेट देखकर उन बीते हुए लाजवाब दिनों की लज़्ज़त को याद कर रहा था। उसे भूख बहुत ज़ोरों की लगी थी, लेकिन एक वितृष्णा भी उसकी आत्मा में फ़िलवक़्त समाई हुई थी। शराब की ख़ुमारी में डूबी उसकी आंखें नमिता पर जा टिकी थी।

नमिता ने सादगी और उत्सुकता से पूछा, 'क्या हुआ?'

माहताब ने धीरे से कहा, 'कुछ नहीं, तुम्हें देख रहा हूं बस्स!'

नमिता ने लजाकर मुस्कुराते हुए उसके कन्धे पर ज़रा-सी दूरी होने पर भी सिर टिका लिया।

वैसे तो ये एक जलसा था। जाने-पहचाने लोग-बाग थे। अच्छी ख़ासी जमात जुटी हुई थी। कोलाहल था, सुरूर था, ठहाके थे, लेकिन फिर भी किसी एक लम्हे-विशेष में माहताब और नमिता बेहद निजता के क्षण को बांटते हुए सा महसूस कर रहे थे।

'जानती हो?' माहताब ने आगे कहा, 'ये चक्रवर्ती की दुम साला, फटे हुए कपड़े पहने सड़क के किनारे पैदल घूमता मिलता था, आज अमेरिका जा रहा है, देखो तो कैसा बगुला बना चहक रहा है। दो-दो बीवी पाले है, एक ही अपार्टमेंट में रखे हुये है दोनों को, साला हराम का जाया।'

'अरे बस भी कीजिये?' नमिता ने माहताब के कन्धे से सिर हटाते हुए उसकी बिगड़ती भाषा को संभाला, 'क्या मैं ख़ुद नहीं जानती। ख़ूब वाकिफ़ हूं इसकी रग-रग से, बताया नहीं था आपको, जब मैं नई-नई आई थी दिल्ली, तो सबसे पहले सोचा इसी के अस्पताल से प्रैक्टिस शुरु करूं, लेकिन आप जानते तो हैं, क्या कहा था

इसने! छोड़िये क्या फ़ायदा अपना खून जलाने से, जाने दीजिये खाना खा लीजिये, ठंडा हो जायेगा।'

'ज़रा रुको एक मिनट!' माहताब ज़रा सा तैश में आ गया था, वो उठकर अमित की टेबल के पास चला गया।

डॉक्टर चक्रवर्ती की टेबल के चारों ओर उसके अपने लोग थे। बड़ा बेटा, बहू, पहली बीवी, कटे बाल वाली काली सेक्रेटरी, मोटा-ताज़ा जूनियर (जो शक़्ल से अमित से भी सीनियर लगने लगा था), कोई एक दो परम मित्र। अमित तन्मयता से उन लोगों से मुख़ातिब था।

अमित ने माहताब को अपने समीप देखा तो अदब से कहा, 'बैठिए माहताब साहब, तबियत कैसी है? क्या हाल हैं? मुझे तो लगा आप आयेंगे ही नहीं, लेकिन ख़ुदा की मेहरबानी हुई, आप आ गए।'

'मेरी तबियत को क्या होना है, तुम अपनी सुनाओ, नमिता तुम्हारे पास प्रैक्टिस के लिए आई थी, तुमने क्या कहा था उस वक़्त?' माहताब की आवाज़ में तेज़ी थी, तल्ख़ी थी।

लोग-बाग पहले भी इस नये जोड़े से दूरी बनाये हुए थे।

कुछ बेख़बरी में, कुछ जानबूझकर भी। माहताब की तल्ख़ी को भांपकर अमित के मित्र खाना लेने के बहाने उसकी टेबल से उठकर दूर चले गए।

कोई और होता तो लोग सम्भावित तमाशे को बड़े शौक़ से रस ले लेकर देखते-सुनते, लेकिन ये मामला माहताब आलम का था, इसलिए लोगों ने खिसकने में ही अपनी ख़ैरियत समझी। माहताब का कोई भी भरोसा नहीं था कि कब किसका कच्चा चिट्ठा कहां पर सरेआम खोल दे। माहताब को किसी का डर नहीं था। सुरूर में आने के बाद वो रात-बेरात भी किसी भी बददिमाग़ धोखेबाज़ बेईमान को फोन करके जी भर के गालियां देने में उसे ज़रा संकोच नहीं होता था। दरअसल माहताब की कोई सीमा नहीं थी, लोग ये बात खूब जानते थे। इसलिए भी लोग कटकर छिटक गए थे।

अमित ने थोड़ा हैरानगी से पूछा, 'कब? कब आई थीं डॉक्टर नमिता मेरे पास?'

'चार साल पहले।' माहताब ने खड़े-खड़े याद दिलाया।

'ओहो तब! पुरानी बात है। छोड़िये आईये खाना खा लीजिये।' अमित ने बात बदलने की कोशिश की।

'तुम्हारी इतनी औकात नहीं कि तुम मुझे खाना खिला सको! जो पूछ रहा हूं उसका जवाब दो!' माहताब सुरूर में था।

अमित का दिमाग थोड़ा भन्ना रहा था, फिर भी ऊपरी शालीनता छलकाते हुए बोला, 'अरे आप भी माहताब साहब, कहां की बात लेकर ख़फ़ा हो रहे हैं, खाना खा लीजिये, बातें फिर हो जायेंगी।'

'मुझे तुझसे कोई बात नहीं करनी, जवाब दे और निकल!' माहताब पर शराब हावी हो रही थी।

भाषा पर नियंत्रण खोता देखकर चक्रवर्ती का बेटा अबोध कुछ विचलित हुआ।

लेकिन साली सेक्रेटरी की वफ़ादारी भी अबोध को देखकर जाग उठी।

महीने की तन्ख्वाह और एक्ट्रा पर्क्स से ओतप्रोत सेक्रेटरी ने अपनी वफ़ादारी फ़ौरन पेश की, 'माइण्ड योर लैंगुएज मिस्टर आलम।'

'जस्ट शटअप मिस पुष्पा बसंती, आय कैन स्पीक बेटर इन्ग्लिश दैन यू। आय'म टॉकिंग टू अमित, नॉट टू यू, ऐन्ड दैट्स नन ऑफ़ योर बिज़नेस, सो काम डाउन!' माहताब नशे में पुष्पा बसंती की ओर तर्जनी दिखाकर इस तरह बरसा कि वो न केवल ख़ामोश हुई, बल्कि डर भी गई।

अमित ने भी इशारे से उसे चुप रहने को कहा।

माहताब का बदन और ज़बान दोनों नशे में हिल रहे थे, अब तक नमिता भी माहताब के पास आकर खड़ी हो गई थी। वो समझ नहीं पा रही थी कि माहताब को कैसे चुप कराये।

माहताब एक रौ में जारी था, 'बंगाली की औलाद बोलता क्यूं नहीं कि तू और

तेरा हरामी भाई डोरे डाल रहा था मेरी बीवी पर, तू क्या समझता है, मुझे मालूम नहीं कि ले मेरेडियन।'

'ले मेरेडियन . . .' का नाम माहताब के होंठों पर आते ही, अमित बिजली की गति से खड़ा हुआ और माहताब का हाथ पकड़कर उसे अपनी टेबल से दूर ले गया, 'अरे माहताब यार सुनो तो, आओ इधर आओ।' अमित व्यग्र हो उठा था। वो नमिता के साथ चलते माहताब को लिए दूर इधर टेबल तलक आ पहुंचा।

माहताब ने अमित से अपना हाथ छुड़ा लिया और गुस्से और नशे में लड़खड़ाती आवाज़ में बोला, 'तुमने क्या समझा तुम मेरी बीवी के साथ चक्कर चलाओगे और मुझे ख़बर भी ना होगी?'

'तुम गलतफ़हमी ना रखो मेरे दोस्त, ऐसी बात तो नहीं!' अमित हकला रहा था।

'डियर अमित मुझे चूतिया मत बनाओ! वो तो मेरी बीवी वफ़ादार है, वरना तो तुम कमरा बुक कराये बैठे थे फ़ाइव स्टार में! वो तो नमिता थी, जो नहीं गई तुम जैसे काले मन वाले के साथ। कोई आजकल की हर्राफ़ा होती तो निकल ली होती तुम्हारे जैसे नमकहराम के पल्लू से चिपककर। मुझे फ़क्र है अपनी जानिसार बीवी पर!'

'माहताब संभालिए अपने आप को, चलिए यहां से अब,' नमिता ने माहताब का हाथ मजबूती से थामकर कहा।

अमित माहताब से बहुत संजीदगी से उसके दोनों हाथ थामकर बोला, 'मैं मानता हूं कि ग़लत था मैं, लेकिन इस गलती को मैं सुधार लूंगा। माहताब मेरा यक़ीन करो। तुम्हारी बीवी हैं नमिता जी अब। मैं तुम्हें यक़ीन दिलाता हूं अब ऐसा कुछ नहीं होगा कभी आगे। मुझे शान्ति से अमेरिका जाने दो, नाओ माय डियर, प्लीज़ बी इज़ी ऐन्ड प्लीज़ फ़ौरगिव मी! माफ़ कर दो मेरे यार मुझे।'

माहताब कुछ देर खुलती बन्द होती पलकों से अमित चक्रवर्ती को देखता रहा। बहुत सारे भाव उसके ज़ेहन में एक साथ आते-जाते रहे, हिलोरें मारते रहे। उसने

महसूस किया उसकी किसी पीड़ा पर हलका सा ही सही, मरहम रख दिया गया हो।

नमिता उसे शान्त देखकर बोली, 'अब चलिए भी आईये।'

अमित दोनों को खाने के लिए रोकता रहा, लेकिन दोनों ने अमित को नज़रअन्दाज़ कर, औपचारिकता निभाते हुए विदा ले ली।

दोनों लॉन को पारकर पार्किंग तक आ गए थे। काफ़ी सन्नाटा था। गार्ड भी दूर बैठा जम्हाई ले रहा था।

नमिता माहताब का हाथ थामे थी, उसने धीरे से कहा, 'भूख लगी होगी आपको, चिन्ता ना कीजिये सुबह की आलू-गोभी की सब्ज़ी रखी है, घर पहुंचते ही मैं जल्दी से फ़ुल्के सेंक दूंगी, आप खा लीजियेगा।'

'ठीक है रास्ते से दही ले लेंगे। मैं रायता भी बना दूंगा,' माहताब भी अपनी अटकती ज़बान से कहने लगा।

दोनों जब कार में आराम से बैठ गए तो नमिता ने फिर कहा, 'माहताब मैं आपकी वेदना समझती हूं। ये अमित और उसका भाई और इस तरह के सभी लोग कोई डॉक्टर बन जायें, कोई भी रुतबा हासिल कर लें, कहीं से ईनाम जुगाड़ लें, अमेरिका, लंदन कहीं भी जा मरें, रहेंगे असल में कीड़े-मकोड़े ही। कोई वजूद थोड़े है इनका, जो आपका शानो-शौक़त वाला नाम है, जो बुलन्द हैसियत है, जो मील का पत्थर जैसा बेमिसाल ज्ञान है आपका, जिसे आपने मेहनत से कमाया है, उसे मैं खूब जानती हूं। मैं उम्र से नहीं उसी विलक्षण ज्ञान और उसी शख़्सियत से शादी की है। सच मानिये, एक अमित क्या हज़ारों लाखों अमित भी आपके क़द को न कभी छू सकें हैं, न छू सकेंगे। आप निराश और उदास न होईये, आप आप हैं। अपने सभी ग़म और ग़लतफ़हमियों को मिटा दीजिये। ये सोचिये कि कितनों को खड़ा किया है आपने। पूरा वतन ही नहीं दुनिया आपको जानती है। कहें चाहे न कहें उन सबका ज़मीर, उन सबकी आत्मा तो जानती है कि कैसे किसके बल पर आज चमक रहे हैं ससुरे सब!'

'नौटंकीबाज़ साला! माफ़ी मांग रहा था। छोड़ो, क्या बेकार के लोगों की बात

करती हो तुम भी! अब हमलोग अगले साल आयेंगे, फिर नये तमाशे देखेंगे।' माहताब अब संयत हो चला था।

दोनों ने एक दूसरे को मुस्कुराते हुए देखा, और दोनों ही ठहाका लगाकर हंस पड़े।

उनकी कार सभी वेदना और दु:ख को गुबार में उड़ाती मंज़िल की जानिब दौड़ रही थी।

रेड लाइट वर्सेज़ रेड लाइट एरिया

'दिमाग़ ख़राब हो जाता है स्साला हिसाब देते-देते। अरे कैबिनेट की मिनिस्ट्री मिली है कि बनिये का बहीखाता खुल गया है, जिसको देखो मू उठाये चला आता है। दम मारने को भी स्साला जगै खोजनी पड़ती है। चैन से जीने ही नहीं देते साले सब।'

कमरे में घुसते ही मंत्री जी बड़बड़ाने लगे।

मालविका शांति से बैठी कल हुए प्ले का रिव्यू पढ़ रही थी।

पहली बार भानु जी के साथ काम करने का मौका मिला था, देर रात एनएसडी से लौटी थी।

त्रिपाठी जी के बेकल स्वरों ने उसे बीच में ही उठा दिया।

मालविका ने बोतल खोली, दो पैग बनाये। एक बेहद लाइट, सोडा-भर गिलास में दो चम्मच रम और दूसरा ज्यादा ही हार्ड, गिलास भर रम में दो चम्मच सोडा।

रम जाने को कुछ तो चाहिए ना! कहाँ रमे, आदमी नाम का प्राणी, इस हलाकान कर देने वाली बेतहाशा, दौड़ती-भागती दुनिया में!

ज़हरीली, रेंगती-रिरियाती दुनिया में!

हर लम्हा हर रंग बदलती, घिघियाती, मिमियाती दुनिया में!

उसने चुपचाप दोनों गिलास टेबल पर रख दिए और मंत्री जी को देखने लगी।

राजशेखर त्रिपाठी जी ने, लकदक सफ़ेद कुर्ते के ऊपर पहनी बुलेट-प्रूफ

जैकेट उतार कर आलमारी में रखा, और रिवॉल्वर भी वहीं रख दी। कुर्सी पर बैठते-बैठते उनका अन्दर से उबला हुआ जी और गरमाया हुआ बेचैन जिस्म वाणी की शक्ल लेकर फिर सक्रिय हो गया, 'घर जाओ तो वो देहातिन चली आती है, टेसुए बहाती, जब देखो झाओं-झाओं ये नहीं लाये, वो नहीं ख़रीदा इसका मुंडन, उसका जनेऊ नहीं दिया, ऊ नहीं पहुंचवाए, ससुरी भेजा खा जाती है बाबूजी अलग सिर-दर्दी लिए हैं! चउथा पेट्रोल-पम्प काहे हाथ से जाने दिए। तीन से पेट नहीं भरा उनका। उनके साढ़ू के नाती के बियाह में देना है उन्हें सीएम की भतीजी से तय कर आए हैं लपक के। तब तो मसविरा नहीं किये थे हमसे। अब काहे उम्मीद कर रहे हैं!'

राजशेखर एक-दो घूँट हलक में गटकाने को रुका दम भर के लिए, तत्क्षण उसने अपनी चिर-परिचित रौ फिर से पकड़ ली, 'और वो चूतिया, दुई बार पार्टी छोड़ के भग गया था। अब भगोड़े के रिश्तेदार कहलायेंगे हम्म। बीस साल से पार्टी की सेवा कर रहे हैं हम, और रसमलाई चाटेगा वो मिसरवा की दुम्म। अरे सादी-बियाह में पेट्रोल-पम्प काहे भिड़ा दिए बाबूजी? टिकट तो जित्ते कहें हम बिछा दें उनके चरणों में! ऊ चिन्दी-चोरों के न्योछावर में उड़ाये, चाहे नातेदारों के बीच हवा बनाये। हमें कउनो दिक्कत नहीं। लेकिन जबरियन की झाओं-झपड़ नहीं अच्छी लगती। मेरा अपना बस चले तो हाई कमान के दरवज्जे मूतने ना जाऊं, लेकिन बाबूजी रिरियाने भेज के ही दम लेंगे!'

त्रिपाठी जी को कैबिनेट में अभी-अभी जगह मिली थी, सांसद की कुर्सी तो वो बरसों से तोड़ रहे थे।

वो लम्हा भर फिर से ख़ामोश हुए, आवाज़ में नरमी उड़ेलते हुए बोले, 'माल्नी आप काहे चुप्प हैं और इत्ता दूर काहे खड़ी हैं हमसे? गुस्सा हैं का हमसे? हम तनिष्क वाला सेट आडर कर दिए हैं, आपके लिए परसों होम-डिलेवरी हो जायेगा। ई लीजिये रसीद!'

अपने झक्कास सफ़ेद कुर्ते की जेब से उसने फ्रेश बड़ी-सी रसीद निकाली।

पहले तो टेबल पर, बोतल के बगल में रखनी चाही, लेकिन फिर हाथ में लिए-लिए ही बोले, 'लीजे, लीजे माल्नी, रख लीजे कही सँभाल के।'

मालविका के बोल अब फूटे जो काफी देर से गिलास हाथ में लिए राजशेखर को देख रही थी, 'अरे मंत्री जी, आप नाहक हमें पटाने की कोशिश क्यूँ करते हैं? हम तो पटे-पटाये हैं आपके। ये सब ड्रामा फैलाने की क्या ज़रूरत है? ये सेट-वेट आप अपनी घरवाली के लिए रख लीजिये। मुझे नहीं चाहिए। वास्तव में नहीं चाहिए मुझे।'

'क्यों नहीं चाहिए आपको? हर लड़की को चाहिए, तो फिर आपको क्यों नहीं चाहिए? ये तो हम आपके लिए इस्पेसल बनवाए हैं।'

मालविका धीरे से राजशेखर की कुर्सी तक पहुंची, उसके चौड़े सीने पर सिर टिकाया, वही चन्दन का इत्र महका जो उसने राजशेखर को गिफ्ट में दिया था। वो मुस्कुरा दी।

उसने उसके मज़बूत कंधों को ज़ोर से पकड़ा और बोली, 'त्रिपाठी जी, ये सब काहे के लिए? तुम हो ना बस्स कुछ और की दरक़ार नहीं मुझे। तुमसे दूर बहुत अकेली थी मैं, अब कुछ भी नहीं चाहिए मुझे। सब कुछ है, जो तुम हो मेरे पास, ये सबका बोझ ना चढ़ाओ मुझ पर!'

मालविका का लहजा ज़रा सा बदल गया। उसने शरारती अंदाज़ में आगे कहा, 'और फिर तुम्हारा अपना वज़न कोई कम है क्या मुझ बिचारी पर चढ़ाने के लिए?'

राजशेखर ने गिलास रखा और बड़े आवेग, बड़े प्यार से, बड़े ही दुलार से मालविका को समेट लिया।

करीब बीस मिनट तक दोनों ख़ामोश रहे।

फिर मालविका ने ही पूछा, 'खाना लगवा दूँ, या खाकर आए हैं प्रेसीडेंट-हाउस से? आज तो मीटिंग थी ना कोई?'

'मै सोचता हूं, तुम ना होतीं तो मेरी ज़िन्दगी का क्या होता? यूंही बिना सुकून, बिना चैन-आराम के भटकता रहता दुनिया के फ़रेबी जंगल में।'

'जंगलराज में ही तो कुर्सी मिली है तुमको! ऐक्चुअली तुम हो ही जंगल के राजा! जंगल का राजा जंगल में नहीं फिरेगा तो और कहां है उसका ठिकाना?'

राजशेखर मुस्कुराने लगा। उसने मालविका को और ज़ोर से जकड़ लिया। उसका सारा क्रोध, उसकी उलझनें, उसका शुद्ध यूपी वाला तेवर, उसका भाषा प्रवाह, सब नियंत्रित हो गया अपने आप।

अब उसकी दारू की तलब भी जाती रही।

'आपने खाना नहीं खाया होगा ना? मैं भी फ़ौर्मेलिटी करके ही लौटा हूँ। चलिए आप साथ में खा लीजिये।'

उसने उपेन्द्र को आवाज़ दी, 'खाना लगा दो, फुल्के सेंको, हम आ रहे हैं और सुनो कार में कुछ पिस्ते की बर्फ़ी रखी हैं, उसे लेते आना।' मन्त्री जी मालविका का टेस्ट खूब जानते हैं।

उपेन्द्र, राजशेखर का पुराना घरेलू नौकर था, और उसका सबसे पक्का राज़दार भी, ख़ास कर उसकी लौंडियाबाजी का! यहाँ पासा पलट जाना उसकी अन्तरात्मा को सुहा नहीं रहा था, उसके ''दुधारू गाय'', मन्त्रीजी किसी एक के ही आंचल से काहे चिपके बैठे हैं, आगे बढ़ना भूल गए क्या?

वो देर से, कमरे के बाहर आदेश के इंतज़ार में बैठा था, फ़ौरन रसोई में दाख़िल हुआ

मालविका, राजशेखर के सीने में चेहरा छुपाये रही।

राजशेखर ने उसे उठाया, 'चलिए खा लीजिये, नहीं आप सो जाएँगी। नौकर-चाकर भी आराम करेंगे।'

ooo

सबेरा हुआ।

लाल सूरज ने सलामी दागी, चिड़िया चहचहाईं, हवा गुनगुनाईं।

बेसुध रात की, बेक़रार ख़ुमारी को जैसे अल-सुबह के मदमस्त सुरूर ने सीना

ठोंक के चुनौती दी। राजशेखर ने ''लेमन-ग्रास'' कटवाई, महकती-सोंधी चाय ख़ुद तैयार की अपनी बौद्धिक खूबसूरत शहज़ादी के लिए।

राजशेखर विद्यार्थी-जीवन से ही सबेरे उठने का आदी था।

इलाहाबाद विश्वविद्यालय का पढ़ा था, सर सुन्दर लाल छात्रावास की छत पर प्राणायाम करता था।

रोज़ाना पाँच मील की दौड़ लगाता था।

उसका छह फुट दो इंच लम्बा-गोरा-सख़्त बदन कसरती अंदाज़ से दमकता था।

सरकारी नौकरी में रहते हुए भी उसने अपना टाइम-टेबल नहीं बिगाड़ा था।

ना जाने उसे क्या सूझी के अपनी लगी-लगायी सरकारी नौकरी छोड़ दी, फिर अपने होमटाउन से एमएलए हुआ। लेकिन सुबह की सैर पर ज़रूर निकलता था।

अपने बॉडीगार्ड्स को भी उसने अपनी आदत के साँचे में ढाल लिया।

अब जब ''शहरी विकास मन्त्रालय'' का दारोमदार उस पर आया तो भी वह अपनी आदतों से, अपनी जीवन-चर्या से कोई समझौता न कर सका।

वही पुरुषोचित गर्व से तना सिर, वही लुभावने अंदाज़ और एकदम वही मीठी बेहद विनम्र वाणी।

वही झूमकर चलने वाली निराली-अदाबाज़ चाल, वही मस्ती, वही सम्मानित ग़ुरूर भी।

कुछ अगर बदला तो जीवन में दो अहम चीजें बदलीं, एक घर-खानदान की जबरदस्त अपेक्षायें बदल गईं, सच कहा जाये तो बदली नहीं बल्कि बहुत बढ़ गईं।

और दूसरी! दूसरी उसके बिस्तर पर नई लेकिन एक ''स्थायी'' लड़की।

ये नई लड़की मालविका मिश्रा, उसे यूँ ही एक दिन मिल गई।

ऐसी मिली की ना छोड़ते बनी, ना अपनाते। दो बड़े बच्चों का पिता लगभग आधी उमर की लड़की से कैसे, किस मुँह से ब्याह रचाये?

ख़ानदान-समाज-बिरादरी को क्या जवाब दे, बहनोई-भतीजों-भांजियों से कैसे, किस तरह आँख मिलाये?

बड़े सवाल थे, परेशान करने वाले प्रश्नचिन्ह थे।

राजशेखर जिस परम्परावादी, मर्यादित और मान-सम्मान वाले परिवार से वाबस्ता था, वहाँ इस तरह की कोई भी चर्चा ज़लज़ला लाने से कम नहीं थी।

लेकिन दूसरी कोई से भी उसका जी नहीं लगता, उसका पेट ही नहीं भरता था।

कोई उबाऊ किस्म की, कोई अजब नखड़ीली, कोई गज़ब भड़कीली, कोई चलती-फिरती मेकअप की दुकान सी तो, कोई संत-साध्वी सी। कोई ऐसी चिपक गई थी के छुड़ाए नहीं छूटती, सिर पर पाप की तरह मढ़ी हुई।

खूब हँसता था, मालिनी को बता-बताकर, किसी की काली-काली टांगें तो किसी की मोटी तोंद, किसी की उल्लू-पंती की बातें, तो किसी की झटुअल-बेहूदा कवितायें, किसी के चिरकुट एसएमएस तो किसी की लीचड़ फोटुयें।

वैसे तो नेता जी से कोई प्रान्त, कोई रंग, कोई देस-भेस, कोई भी ज़बान बोलने वाली, कोई जात-बिरादरी, कोई संस्कृति, कोई संस्कार का, बदन छूटा ना था चखने से।

कभी बाढ़-पीड़ितों की राहत-सामग्री का मुआयना करने के बहाने, तो कभी सूखाग्रस्त इलाकों के दौरे के बहाने, कभी विदेश-यात्रा में, तो कभी इलाज के नाम पर, घूम-घूम कर, ढूंढ़-ढूंढ़कर, झूम-झूम कर, उसने हर तरह के तन-बदन का भरपूर सेवन किया था, और तो और शोक-सभाओं और प्रार्थना-सभाओं में भी उसकी मौजूदगी उसकी तयशुदा रातों का ही सबब होती थीं।

लेकिन मालविका नाम की ''बूटी'' ने ऐसा क्या असर बरपाया कि मालविका के बाद उसे कोई और नहीं सुहा रहा था।

जबसे वो मालविका के फेर में पड़ा, उसका दिल कहीं रम ही नहीं पाया।

बल्कि ये कहना ज़्यादा सही होगा कि वो दोनों एक-दूसरे में ही रमते थे।

दोनों एक दूसरे के बिना बड़े बेचैन हो जाया करते थे, एक दूसरे से ही दोनों का जी खूब लगता था।

मालविका की सोहबत बचपन से विलायती रही। उसके पितामह स्वीडन के प्रान्तीय-विश्वविद्यालय में ता-उम्र संस्कृत के प्राध्यापक रहे। बाप अमेरिकी महिला से ब्याह करके कैलिफोर्निया में नौकरीयाफ़्ता जीवन में अनुरक्त हुए। उसकी अपनी सगी माँ संस्कृत की विदुषी जानी जाती थी, उसने वृन्दावन के एक विधवाश्रम में अपनी बची जिंदगी के लिए रास्ते खोज लिए थे।

अब शेष रह गई थी, इकलौती औलाद मालविका।

उसे नियति ने आवारा फिरंगियों की बेलगाम-टोली का बेबाक सदस्य बनाया था।

जहां वो अपनी स्वच्छन्द ज़िन्दगी के दिन सिगरेट के उन्मुक्त धुएं में और महंगी शराबों के निर्बाध प्रवाह में काफी हद तक बर्बाद कर रही थी।

धुएं के उस ग़ुबार में और प्रवाह की उस ख़ुमारी में, ना अतीत का कोई भी मातम था, और ना ही भविष्य की कैसी भी परवाह।

राजशेखर का साथ मिलने से पहले इस रंग-रंगीले ब्रह्माण्ड का फेरा लगा कर हालिया ही लौटी थी। दिलजलों की बस्ती दिल्ली में, थियेटर के बहाने दिल लगा रही थी।

मालविका को आत्मा से देसी-मिट्टी का चाव था।

विदेशी फूल चाहे जितने रंगीन हों, आकार-प्रकार-प्रजाति से जी को लुभाते हों, लेकिन ''देसी महक'' का मुक़ाबला नहीं कर सकते।

यही मज़बूत प्यारी देसी महक मालविका को राजशेखर के दामन में, चौड़े सीने में, ऊँचे-विशाल कंधों के साथ-साथ, उसके घर-आंगन में भी मिली थी।

इस सोंधेपन ने मालविका के तन-बदन-मन में एक सुरक्षित जगह बना ली और आत्मा में जगह बनाने के लिए राजशेखर का तृप्ति से आकंठ सिंचा हुआ मधुर-मादक-मदमस्त सुरीला प्रेम था।

राजशेखर का ये करीने से सजा आवास मालविका को उसके पैतृक घर की याद दिलाता था, जिसे उसे बहुत-बहुत लाड़-दुलार करने वाली उसकी दादी ने बसाया था।

वही आत्मीयता सोंधेपन से सराबोर घर, जहां गेंदे-रजनीगंधा-देसी गुलाब की लहकती क्यारियाँ थीं, रातरानी-इन्द्रबेला-जूही-चमेली की महकती बेलें थीं, चौखट पर मुस्कुराता लाल गुड़हल का पेड़ था, जो देवी-माँ को चढ़ता है, जिसकी पूरे नवरात्रि भर बड़ी डिमांड रहती थी। अशोक का मस्ताना, झूमता पेड़ था, शिवलिंग पर चढ़ाया जाने वाला बेल-पत्र का वो काँटे वाला पेड़ भी था, जो बड़े गैराज की दीवार के पीछे मुस्तैदी से सभी आने-जाने वालों पर दिन-रात नज़र रखता था, एक कुआं भी था, जिसके ठंडे पानी की बोरिंग बाबा ने पूजाघर तक करा रखी थी।

जजेज़ कॉलोनी का फैला-पसरा मकान जिसमें मालविका ने अपना बचपन बिताया था। बाबा का स्पेन से छुट्टियों में यहीं आने-जाने-रुकने का अपना का ठौर था।

काली गायें, घर का बना घी-रबड़ी, मुनक्का और गाँव से आया ताज़ा देसी गुड़ सब सब।

रह-रह कर, एक-एक कर, तेज़ हवा में फड़फड़ाते पन्नों सा सामने से गुज़र जाता और वो लिपट-लिपट, महक-महक, चहक-चहक जाती थी, राजशेखर नाम की 'दिलफ़रोश फुलवारी' के चहुँ-ओर।

ooo

मालविका एक थियेटर-ग्रुप की मामूली-सी कलाकार थी।

बनारस की गलियों से संसद-भवन के अव्वल-दर्जे के नौटंकी-निर्माताओं तक अपने थियेटर-ग्रुप की प्रस्तुतियों के माध्यम से ही पहुंची थी। मालविका मिश्रा और राजशेखर त्रिपाठी एक दिन यहीं दिल्ली के एसआरसी (श्री राम सेंटर) में ''हैमलेट'' की प्रस्तुति के दौरान एक साहित्यिक मित्र की मध्यस्थता से मिले थे।

राजशेखर त्रिपाठी अपने मित्र की मित्रता का मान रखने को प्ले देखने आया था।

वरना तो लाल-बत्ती वाले फीता काटने और उद्घाटन-दीप जलाने ही आते थे, और बड़ा हाथ हिलाकर, नौटंकी भांज कर चले जाते थे। निर्देशन की बारीक़ियों, कलाकारों के अभिनय-क्षमता के कमाल या फिर मंच और लाइटिंग में रंग के उपयोग का महत्व से भला इन सब ड्रामेबाज़ों का क्या वास्ता?

यहां तो व्यवहार निभाना था, और बनावटी सत्कार की दरकार को छोड़कर आना था।

लेकिन मज़ा तो ये हुआ, वो कहीं और ही गिरफ़्तार, बेक़रार हो गए थे। सच तो ये था, कि वो प्यार में पड़ गए थे।

पहले-पहल उन्होंने मालविका को बड़ी सम्मानित दृष्टि से नहीं देखा था।

क्योंकि छोटी जगहों पर, छोटे-कस्बों-शहरों में थियेटर को ही बड़ी सम्मानित दृष्टि से देखा ही नहीं जाता था।

राजशेखर त्रिपाठी, छोटे शहरों की छोटी मानसिकता से वो बाहर नहीं निकल पाया था। उसका मन-कर्म-वचन उसकी तुच्छ सोच की गवाही यदा-कदा देते रहते थे।

छोटे कस्बों-शहरों में थियेटर का कारोबार प्रायः वही लोग संभालते थे, जिनका पढ़ाई-लिखाई में ज्यादा मन नहीं लगता था। और ऐसे लड़के-लड़कियां तो ख़ास कर थियेटर में बहुतई उचकते थे जिनका गली-मोहल्ले में कोई न कोई टांका भिड़ा हो। ये लोग थियेटर के बहाने अपने-अपने दिलदारों से घंटों नैन-मटक्का करते थे। देहात-कस्बों की लड़कियां अपने इन थियेटर वाले ''लच्छनों'' के चलते पर्याप्त बदनाम भी होती थीं।

इसी तरह का थियेटर-परिवेश जानता था। वह दिल्ली-मुंबई के हाई-प्रोफाइल और मंजे हुए स्तरीय थियेटर से उसका राबेता अभी तक नहीं हुआ था।

अपनी उसी दकियानूसी और घटिया नज़रिये से थियेटर को देखा और बड़ी नाज़-ओ-अदा से लपक कर मालविका को 'स्पेशल डिनर' का न्योता भी दे आया था।

ये बड़ी विचित्र अजीब-ओ-ग़रीब पहली रात थी दोनों की।

एक दूसरे के साथ दोनों एक बहुत बड़े से अकेले कमरे में थे।

चांदनी भी छिटक-छिटक कर ख़ूब सुनहरे गीत गा रही थी।

इस पूरे ख़ुशनुमा प्रकरण में अजीब ये था के दो के दोनों एक-दूसरे को कुछ और ही समझ कर मिले थे।

यदि वे एक-दूसरे की ज़मीनी वास्तविकता से परिचित होते तो यूं तन्हाई में मिलना होता ही नहीं।

मालविका का ताज़ा ब्रेकअप उसके स्पेनिश प्रेमी निकोलस से हुआ था। ख़ुद को बहला रही कि उसी वक़्त राजशेखर महोदय टकराए थे।

यदि हकीक़तों को जानते, तो निस्सन्देह आज एक दूसरे के सामने हर्गिज़ ना होते।

मालविका ने समझा कोई थियेटर का सच्चा कद्रदान होगा।

तभी अदना-सी कलाकार को बड़ी भारी हैसियत से न्योता दे रहा था, अरे भाई पहली बार में ही शानदार लाल-बत्ती गाड़ी भिजवाई थी लिवाने के लिए।

उधर राजशेखर ने समझा, थोड़ा टेस्ट में बदलाव और तजुर्बे में इज़ाफा हो जायेगा और खूबसूरत-अदाबाज-संभ्रांत लड़की के साथ एक नई रात रंगीनी में बीत जाएगी।

राजशेखर इतनी चापलूसी और सलीके से निमंत्रण देकर गया कि मालविका इस ज़रूरत से कहीं ज्यादा विनम्र प्रस्ताव को ना नहीं कह सकी थी।

वो ये समझ कर निकली थी, थियेटर के इतिहास पर विमर्श होगा, बड़े-बड़े सम्मानित कलाकारों के काम करने के अनुभव पर चर्चा होगी, एक सुन्दर-सभ्य-सलीकेदार डिनर के बाद वो अपनी पीजी समय से लौट आयेगी।

लेकिन वो रात कड़वी गोली जैसी थी, जिसे आत्मीयता और भ्रम के आकर्षक और मनमोहक वरक में लपेटकर राजशेखर ने मालविका को चखाने का एक असफल प्रयास किया था।

मालविका गुस्से से आगबबूला होकर दनदनाती हुई, आधी रात को हॉस्टल लौट आई थी।

अकेले बिस्तर पर पड़ी सोचती रही, 'ये साले लाल-बत्ती वाले लड़की को इंसान कब समझेंगे! कलाकार, लेखक या कोई भी सर्जक कब समझेंगे! कितना कमीना निकला साला, ब्राह्मण होकर भी इतना अधर्मी! उफ़्फ़, बेकार चली गई मैं। बड़ा थियेटर का भक्त बता रहा था खुद को दुष्ट, पाखंडी, बदतमीज़।'

और इधर राजशेखर तो एकदम ही झन्ना गया था। उसके पांव के नीचे से ज़मीन जैसे कि हिल गई हो।

'ये क्या हुआ'

उसको तो कुछ समझ ही नहीं आया।

ना जाने कितनी रात कितनी लौंडियों के साथ बिताता रहा था, कितनी-कितनी सेवा करके, बहला-के-फुसला-के, अपनी-अपनी फीस लेकर जाती रही थीं। किसी ने पच्चीस तो किसी ने पचास ऐंठे थे।

किसी ने सरकारी नौकरी लगवाई, तो किसी ने प्रोमोशन करवाया, कोई अपने होमटाउन में ट्रान्सफ़र करवा गई।

किसी ने तगड़ा लैपटॉप झटक लिया तो किसी ने केवल महंगा मोबाइल बदलवाया।

अब तो नारी जागरण का ज़माना था, टिकट के लिए भी नारियां आती रहीं और नाड़े खुलवाती रहीं।

लेकिन लेकिन ये कौन आई। ये कैसी लड़की आई?

चार गाली सुना कर, झटक-फटक कर चली भी गई।

अरे चूमा-चाटी तो दूर की बात हाथ तक नहीं लगाने दी।

ऐसी करारी गाली तो किसी औरत से आज तक नहीं खायी थी। सब 'मंत्रीजी-मंत्रीजी' करती फिरतीं थीं, 'नेताजी-नेताजी' करके सीने से लिपटाती फिरती थीं। आगे-पीछे डोलती थीं। 'लेकिन ये हुआ क्या मेरे साथ?'

राजशेखर यही सब सोचता रहा देर तक। फिर चार पैग चढ़ाये और झल्लाकर सो गया।

सुबह हाउस पहुंचना था। मॉनसून-सेशन चल रहा था।

उसका मन नहीं लग रहा था। बगल में बैठे शहाणे ने टेबल थपथपाया, तो उसने खुद को संसद के अन्दर बड़ा बेचैन पाया। लंच-ब्रेक में उसकी बेक़रार उंगलियों ने मालविका का नम्बर लगाया, जिसे मालविका ने उठाया ही नहीं।

देर रात गए राजशेखर ने फिर उसे फोन लगाया।

आंखें बंद किये मालविका मनोयोग से हेडफोन लगाये मेहंदी हसन साहब को सुन रही थी। सेल फोन की झनझनाहट से आँखें खोली और बड़ी लापरवाही से उसने फोन डिसकनेक्ट कर दिया।

मालविका प्रायः इसी मुद्रा में सोती आई है, और उस दिन भी ऐसे ही ग़ज़लों की गोद में सो गई।

दूसरे दिन सवेरे कॉलेज में रिहर्सल के लिए जाते वक़्त उसने कपड़े बदले, उसे ख़याल आया कि उसका मैचिंग-स्कार्फ राजशेखर के बंगले में छूट गया है। गुस्से में दनदनाती हुई उठकर चली जो आयी थी।

निकोलस ने गिफ्ट किया था, धर्मशाला से लाया था, सभी ड्रेस पर चलता था, कितना सुन्दर और यूनिक था, हर रंग के साथ फबता था, मल्टी-कलर्ड जो था। अब क्या, गया हाथ से।

'वो बेहया आदमी अब क्या लौटाएगा! जाये भाड़ में रंडीबाज़ कहीं का!

दूसरा ले ही लूंगी कही से। एकदम वैसा मिलना मुश्किल है, फिर भी कोशिश करती हूं लाजपत नगर, सरोजिनी नगर या जनपथ में कहीं।

मैंने सच में पाप किया उस कमीने के यहाँ जाकर ही!

कितना अनमोल स्कार्फ गंवा दिया, उफ़!

बदतमीज़ मंत्री कहीं का, हुँह!'

मालविका ने गुस्से में भुनभुनाते हुए नीली जीन्स की जगह काली जीन्स चढ़ायी,

प्रिंटेड शॉर्ट-कुर्ते की जगह सफ़ेद चिकेन की हाफ शर्ट पहनी और काली-सफ़ेद स्कार्फ हाथ में लपेट कर कॉलेज की ओर निकल पड़ी।

राजशेखर ने दोपहर बाद एक बार और आख़िरी उम्मीद लगाकर मालविका को फोन घुमाया, ये सोचकर कि, 'आज भी नहीं उठाई, तो दोबारा नहीं ही करूँगा, बहुत देखी हैं इस जैसी नकचढ़ी, अरे एक गई तो सौ आएँगी और फिर इस साली की औक़ात ही क्या है, लेकिन घमंड तो देखो, आसमान चढ़कर बरसता है। बस्स ये आख़िरी कॉल है मेरी।'

ये राजशेखर का आख़िरी कॉल दोनों के ही जीवन में न सही तूफ़ान मगर, अंधड़ लाने वाला ज़रूर सिद्ध हुआ।

दोनों की ज़िंदगियों में ऐसा कोई हड़कंप तो नहीं मचा, लेकिन दोनों के ज़ेहन में पलने वाले बड़े-बड़े भ्रम ज़रूर टूट गए।

ठीक उसी तरह जैसे तूफान तो पूरा शहर ही उजाड़ डालता है लेकिन, अंधड़ केवल जमे हुए पक्के बड़े पेड़ों को जड़ से उखाड़ता है।

रिहर्सल के दौरान ये फोन-कॉल आयी थी, जब मालविका को अपने डायलॉग पर सरसरी निगाह डालकर मंच पर उतरना था।

उसने थोड़ी-सी लापरवाही से फोन रिसीव किया, कि शायद स्कार्फ लौटाने को मंत्री जी कॉल कर रहे हों।

वैसे भी किसी ''अनमोल चीज'' के लिए एक फोन रिसीव करना बड़ी क़ुरबानी नहीं थी।

एक अत्यंत संक्षिप्त औपचारिक बातचीत में स्कार्फ लौटाना तय हुआ।

उसी शाम राजशेखर के पर्सनल-ड्राईवर ने मालविका को फोन किया कि वो अपने हॉस्टेल-गेट पर आकर अपना स्कार्फ ले ले।

वो गेट पर आयी तो पाया राजशेखर ख़ुद मिठाई का डिब्बा और सलीके से इस्त्री किया स्कार्फ लिए खड़ा है।

बिना लाग-लपेट के, बिना किसी भी औपचारिकता के, किसी भी कैसे भी

अभिवादन के बगैर उसने झपटकर, मालविका ने अपना स्कार्फ ले लिया और पलटकर जाने लगी तो राजशेखर ने फ़ौरन रोका, 'सुनिए तो, ये मिठाई भी आपके लिए है। इसे भी ले लीजिये।'

'मिठाई किस लिए भला?' उसने नाक-भौं चढ़ाकर पूछा।

'आपको मीठा पसंद है ना, इसलिए भला,' राजशेखर ने अपनी वाणी को चाशनी की कढ़ाही में डुबो कर निकाला।

'आइ डोन्ट वॉन्ट एनिथिंग एल्स, एक्सेप्ट माय स्कार्फ,' मालविका लगभग गरज कर बोली।

'लेकिन सुनिए तो, त्यौहारों का सीज़न है आजकल, ऐसे ना नहीं कहते। देखिये किसी की कोई चीज़ खाली हाथ नहीं लौटाते। ये तो तमीज़ की भी बात हुई ना?'

'ओह, तो तमीज़ जानते हैं आप? अरे वाआह!' मालविका ने भरपूर आँख नचाकर, खूब बुरी तरह भौं मटका कर गुस्से से तमतमा कर कहा।

राजशेखर के दिल में शायद एक तीखी छुरी पहले ही चुभी हुई थी, मालूम होता था वो छुरी आज और गहरी धंस गई है, गहरी उतर गई है।

वो उसे प्यार से देखता रहा और मुस्कुरा दिया, और ये तिलिस्मी मर्दाना मुस्कुराहट जिसके असंख्य अनेकों अर्थ होते हैं, मालविका की तमतमाहट, उसके क्रोध को कुछ, ज़रा-सा हल्का कर गई।

'आप उस दिन बिना खाए, बिना विदा लिए ही लौट आयी थीं। नाराज़गी वश ना?'

'उस दिन की बात ना करें तो बेहतर होगा। ओके?'

'आपका आदेश सर माथे पर।' राजशेखर मुस्कुराता रहा, जवाब देता रहा।

'ये नाराज़गी वश अच्छा यूसेज़ है, शुद्ध हिंदी के साथ उर्दू भी। नाईस।' मालविका के स्वर कुछ सामान्य हुए।

'देखिये उस दिन की बात ना करने का फ़रमान मिला है मुझे, क्या मैं आज की बात कर सकता हूँ?'

'कैसी आज की बात, भला?' मालविका फिर भड़की।

'चलिए, कहीं चलते हैं, पांच-सात मिनट्स के लिए ही सही। अगर आपको पसंद नहीं तो हर्गिज़ घर नहीं, जहाँ आप कहें, वहीं सही। आप जिस जगह कहिये वहां खाना खाकर लौट आयेंगे। आप को हॉस्टल छोड़ के मैं घर निकल जाऊँगा। बस आपकी हुकूमत चलेगी। आप देख लीजियेगा।'

'देखिये, मैं खाना कहीं भी बाहर नहीं खाती। यहीं, हॉस्टल में खाऊंगी। मुझे पसंद ही नहीं कहीं का भी खाना।'

'जी बहुत अच्छे, लेकिन यूं ही एक राउण्ड बस्स जहाँ आप उचित समझें। मैं समझूंगा आपने मुझे मेरी नासमझी, मेरी अभद्रता के लिए माफ़ कर दिया।'

मालविका ने दिमाग भिड़ाया कि कई दिन से रिहर्सल की व्यस्तता के चलते निकोलस के हॉस्टल तक जाना हो नहीं सका, इसकी कार से एक फेरा लग जायेगा और समय भी बचेगा। इसका कहना भी रह जायेगा और इससे पिंड भी छूट जायेगा। वो चलने को तैयार हो गई।

'मेरे हॉस्टल-मेस के डिनर-टाइम तक लौट आयेंगे ना?'

'जी बिलकुल। मैंने कहा ना, आपकी हुकूमत चलेगी।'

'ठीक है, इंटरनेशनल हॉस्टल तक चलते हैं, नॉर्थ कैम्पस तक।'

'बेशक़!' कहते-कहते उसने कार का पिछला दरवाज़ा खोला, मालविका को सलीक़े से बिठाया और ख़ुद भी जल्दी से आकर, साथ बैठ गया। राजशेखर का हाल ही में बैकबोन का गंभीर ऑपरेशन हुआ था, तबसे वो आगे की सीट में ड्राईवर के साथ ही बैठा करता था, लेकिन आज उत्साहित होकर पीछे जा बैठा था और कैसी भी तकलीफें उसे जैसे याद ही नहीं थीं।

जब गाड़ी इंटरनेशनल हॉस्टल पर रुकी, मालविका ने बड़े गर्व से निकोलस का कमरा राजशेखर को दिखाया।

उसने हॉस्टल-परिवेश की वो हर जगह दिखाई जहाँ वो निकोलस के साथ उठती थी, बैठती थी, चहकती थी, गाती थी।

राजशेखर मालविका के बरताव से पहले ही बड़ा अचम्भित था, आज तो वो एकदम ही हतप्रभ हुआ था, 'कैसी अजीब लड़की मिली है ये, पहली बार साथ में कहीं निकली है, और अपने ही प्रेमी का कमरा मुझे दिखा रही है।'

वो सोचता रहा, और चुपचाप सब देखता रहा।

और मालविका निकोलस की ड्योढ़ी पर कुछ देर खड़ी रही चुपचाप।

राजशेखर उसके कशिश से भरे मासूम चेहरे पर तत्काल ही उभरी ग़मगीन लकीरों को पढ़ता रहा, समझता रहा।

लौटकर मालविका अपने हॉस्टल में बेपरवाह सो गई, खूबसूरत ग़ज़लों की मादक पनाह में।

ज़िन्दगी ग़ज़ल लिखने को तैयार बैठी थी, मय कागज़-कलम-दवात।

ज़िन्दगी ग़ज़ल सुनाने को, मौसिक़ी सजाने को तैयार खड़ी थी ठीक अगले कदम पर, मय साज़-सुर और साज़िंदा।

साज़िंदा वो, जो हर साज़, हर राग, हर सुर को, हर तरह से साध लेने में सिद्ध-हस्त था।

वो रंगीन साज़ों का आदी था, शौक़ीन था।

लेकिन मालविका सो रही थी, आँख-कान बंद किये।

बेसुध, बेखबर।

राजशेखर का मनाना-रिझाना अपनी तेज़ लय पर था। और उसकी नखड़ीली परी, अब रीझ भी रही थी, मन भी रही थी, धीरे-धीरे, हौले-हौले, लेकिन थोड़ा-थोड़ा, ज़रा-ज़रा।

०००

राजशेखर के आलीशान बंगले के बड़े से फाटक पर अक्सर लाल गुड़हल का पेड़ देखकर ठिठक जाया करती थी और उसे बड़े मनोयोग-से निहारने लगती थी।

"आइये।" राजशेखर उसे हर बार याद दिलाता था, कि घर के अन्दर भी तो जाना है। हर बार हाथ पकड़ कर साथ ले जाता था।

बस, यूँ ही इसी राजशेखर के प्रेम से बनाये हुए सुन्दर-सलीकेदार माहौल में दिन से महीने, महीनों से बरस बीतने लगे।

मालविका की हॉस्टल की अवधि भी इसी ख़ुमारी में पूरी हो गई और इस बार वो किसी फिरंगी के कन्धे पर सिर टिकाये, उस फिरंगी के वतन, उसके घर नहीं गई।

इस बार वो बड़ी निश्चिन्त राजशेखर के दामन से लिपटी, उसकी बांह थामे, बड़े अरमान, बड़े इत्मीनान, बड़े एहतराम से, मय सामान उसके सरकारी आवास में शिफ्ट हो गयी।

बड़ा निर्णय था, बड़ा परिवर्तन था, बड़ी बात थी। समाज के बदलते ढांचे के लिहाज़ से क्रांतिकारी फैसला तो नहीं कहा जा सकता, लेकिन हां, राजशेखर के निजी पारिवारिक माहौल के हिसाब से यह एक तूफानी कदम ज़रूर था। लेकिन यह तूफ़ान उसे बहारों के भेस में मिला था जिसे उसने गले लगा कर अपनाया था। दिल से, आत्मा से, अपने प्राणों से चाह कर अपनाया और मालविका जीवन पर्यन्त उसकी होकर रह गयी। इस बेस्वादी, उलझनों से भरी अजीब सी दुनिया में, उसकी उलझनें दूर न सही, कम करने की कोशिश करने लगी।

कभी राजशेखर की खीझ दूर करती, कभी खुद खीज कर चार बातें सुना दिया करती थी।

मालविका का गरियाना भी राजशेखर के लिए प्रसाद-मानिन्द था।

खूब हंसना-खिलखिलाना यही सब था जीवन, और यही थे जीवन जीने वाले वे दो प्राणी।

कभी चहकते दोनों "श्रीराम सेंटर" से निकलते, कभी "इंडिया इस्लामिक सेंटर" में साथ तस्वीरें खिंचवाते।

कभी "इण्डियन हैबिटैट सेंटर" तो कभी "इण्डिया इंटरनेशनल सेंटर", कभी

''आईसीआरआर'' तो कभी सुदूर गुडगांव का ''एपी थियेटर''। कभी संसद-भवन का अहाता तो कभी प्रेसीडेंट हाउस का दिलनशीं बगीचा।

ज़िन्दगी मस्ती और नूर की बारिश करती रही, और दोनों नहाते रहे।

उस लाल बत्ती वाले ने लाल सिंदूर तो नहीं लगाया, लाल बिंदिया, लाल साड़ी से भी नहीं सजाया, क्यूंकि दोनों में से किसी को, इन सारे ताम-झाम की ज़रूरत ही नहीं पड़ी। लेकिन हां, पूरी शिद्दत, पूरी आत्मीयता, पूरे सम्मान, पूरे दायित्व, पूरे रस्म-ओ-रिवाज़ से अपनी शिराओं में बहते ख़ून के लाल रंग पर एक ही नाम ज़रूर लिख दिया ''मालविका मिश्रा''।

दांव

यूं तो पूनम यादव केवल नाम की सेक्रेटरी थी। लेकिन काम की कुछ ज़्यादा थी। ''अघोषित पत्नी'' थी, और ''घोषित रखैल'' तो तयशुदा रूप से थी ही।

असल सेक्रेटरी तो किशोर श्रीवास्तव था। वो दिन के सभी काम बख़ूबी निपटा सकता था, लेकिन रात वाला उसके बस का नहीं था। उसके लिए तो पूनम ही बचती थी। और पूनम को कोठी परिक्षेत्र में बनाये रखने के लिए ही उसके गले में भी एक ''सेक्रेटरी'' नाम का तमगा लटका दिया गया था।

फ़लाने प्रदेश के राज्यपाल श्री रामदयाल जोगी जी, सत्ता का उपभोग करते करते बुढ़ा गए थे। अब नई-नई छोकरियां अपने छोटे-बड़े काम कराने के लिए उनके आगे-पीछे मंडराना छोड़ चुकी थीं। अधेड़ औरतें भी राष्ट्रपति सरीखे राज्यपाल के आभासी पद और उसके तथाकथित अधिकारक्षेत्र की बारीकियों से अच्छी तरह परिचित हो चुकीं थीं। इसलिए उन रंगे हुए काले बालों, जिम में पसीने बहाकर घटाई हुई चर्बी और मसाज से कसे हुए चेहरों का रामदयाल जोगी के बंगले में फेरा लगना तक़रीबन बन्द हो चुका था। अब तो भूले-भटके किसी स्कूल की कोई सफ़ेद बालों और सुनहरे फ्रेम वाली प्रिन्सिपल अपने स्कूल के वार्षिकोत्सवों में जोगी जी के साथ बांहकटी ब्लाउज़ पहनकर फोटू खिंचवाने आती थी। या फिर लिपस्टिक-पाउडर से लिपी-पुती, छोटी-बड़ी दुकान की कोई एक-आध मालकिन ही जोगी जी से अपने गौण प्रतिष्ठानों के उद्घाटन में दीप जलवाने के लिए गुहार लगाने आतीं थीं, क्योंकि ऐसी फ़ैशनपरस्त महिलायें अपने बड़े और मुख्य शोरूम का फीता तो किसी हीरो

या चॉकलेटी नेता से कटवाना ही पसंद करतीं थीं। तिस पर भी ये वैकल्पिक अवसर मास-छह-मास में इक्का-दुक्का ही आते थे, और रामदयाल जी के पास इसके लिए वक़्त ही वक़्त हुआ करता था।

ऐसा नहीं कि रामदयाल सदा से ही यूं ही झुर्रीयाफ़्ता ढीले बदन और सन्नाटेशुदा मज्लिसों के स्वामी रहे हैं। भारी बहुमत और अपार लोकप्रियता वाला राज भी रामदयाल जोगी जी ने भरपूर भोगा था। हर तरफ़ जोगी जी की जयकार, खुली जीप में फूल-मालाओं की बौछार, पब्लिक के कन्धे पर लदे नेता जी का सत्कार, जगह-जगह उनके भाषण-मीटिंग-जुलूस वाली झिलमिल, चमकीले दौर की बहार भी उन्होंने ख़ूब-ख़ूब देख रखी थी। लेकिन बरसात के मौसम में निकली धूप और राजनीति के समन्दर में ठहरी हुई नैया का कोई भरोसा नहीं होता। कौन कह सकता है, अब गयी, कि तब गयी।

चमकते सूरज जैसे, रामदयाल जोगी जी के राजयोग में भी ना जाने कब राहू की छाया पड़ी और वो बनी-बनाई पार्टी से बड़ी बेहयाई और बेमुरव्वती से निकाल दिये गए। क्योंकि रामदयाल जी ने इस पार्टी को अपने साठ-सत्तर बरस दिये थे, इस नाते पैतृक-गांव जाकर खेतीबाड़ी देखते बाक़ी जीवन ना गुज़ार देने का तयकर, उन्हें उसी प्रदेश का राज्यपाल बनाकर उनकी ज़बान और विद्रोह में उठने से पहले उनके बचेखुचे जोश-ओ-खरोश को खामोश कर दिया गया।

अब सिवाय मन्त्रियों को शपथ दिलवाने और पार्टी की इच्छानुसार उनके त्यागपत्र स्वीकार/अस्वीकार करने के, जोगी जी के पास कोई और काम ना रहा। वो किसी के ना रहे, और कोई उनका ना रहा, सिवाय एक पूनम यादव के।

ले देकर पूनम यादव ही जोगी जी की अकेली चेली बची थी, जो अनाधिकृत होकर भी सारे अधिकार का मज़ा लूट रही थी। अब इसे मज़ा लूटना कहा जाये या जूठन में बची रबड़ी चाटना, जो भी कहा जाये, पूनम का दु:ख सिर्फ़ पूनम ही बेहतर जानती थी। पूनम यादव की उम्र अब पैंतीस पार हो चली थी। बीस बरस पहले जब जोगी जी ख़ुद पचास पार थे, और वज़ीराबाद नाम के एक गांव में पोलियोड्रॉप के

दो घूंट पिलाने गए थे। वहीं से अपने लिए दो बूंद जवानी की उठा लाये थे। एक भैंस चराने वाली गांव की अल्हड़ लड़की के रूप में वो उस वक़्त पूनम को अपने एमएलए आवास में ले आए थे। उस दौर में निरच्छर पूनम घोषित तौर पर रसोई में सब्जी कटवाने में मदद किया करती थी। लेकिन तब भी, मूल रूप से उसका काम जोगी जी की तन-मन से सेवा करना ही था। जोगी जी का दिल बहलाना ही था। जोगी जी ने ही उसे मैट्रिक करवाया, बारहवीं भी करवाई। तब से लेकर आज तक नियमानुसार वो उसकी तेरहवीं भी रोज़ाना कर ही रहे हैं। उस वक़्त जब ये अहीर-छोकरी देहात से शहर आयी थी, किसी ने ऐसा नहीं सोचा था कि वो उपले बनाने वाली लड़की कभी स्पा और पार्लरों के फेरे भी लगा सकेगी।

इधर इस पन्द्रह साला लड़की की उम्र बढ़ती गयी, उधर जोगी जी का पद बढ़ता गया। वो विधायकी छोड़ के लालबत्ती ऐम्बेसडरों में लहराते हुए ''मन्त्रीजी-मन्त्रीजी'' कहलाने लगे और पूनम यादव, ग़ैर-सरकारी कामों के लिए आते-जाते जोगी जी से उन्हीं कारों में दिन-प्रति-दिन पहले से ज़्यादा सटकर बैठने लगी।

दुनिया कुछ भी कहती रहे। चलन चाहे जितना भी बदलता रहे। वक़्त कितनी ही तरह की करवटें क्यूं ना लेता रहे, लेकिन रामदयाल अपने खेल के सदा से पक्के थे। उन्होंने अपने बाल उबलती हुई राजनीति की गरम आंच में पकाये थे। ज़माना बदला, लेकिन उन्होंने पूनम को उसकी औक़ात से आगे बढ़ने नहीं ही दिया। साथ ही रामदयाल ने अपने लिए एक बीए पास सेक्रेटरी भी अलग से रख लिया था। राज्यपाल के सारे कार्यक्रम, सूचनायें, उनके आने-जाने और मिलने-मिलाने के वक़्त का हिसाब वही रखता था। उनसे मिलनेवालों का अता-पता भी इसी सेक्रेटरी को होता था।

जोगी जी कुण्डली मारे पूनम के सुनहरे सियासी भविष्य के आगे खड़े रहे, और अंगद के पांव सरीखे जमे रहे। पार्टी के शीर्ष नेताओं की ज़रा-बहुत इच्छा जताने पर भी वे टस के मस ना हुए।

हर साल पार्टी का एक शालीन, सन्तुलित, सार्वजनिक और बड़ा ही औपचारिक

अधिवेशन, मीडिया की मौजूदगी में तयशुदा तौर पर होता ही था। लेकिन एक अनौपचारिक सालाना जलसा भी अलग से किया जाता था, जिसे अनिवार्य रूप से मीडिया से दूर रखा जाता था। इस अनौपचारिक गेट-टुगेदर में नये-पुराने सभी सदस्य एक दूसरे से बेतक़ल्लुफ़ होकर मिलते थे। पूनम यादव इन जलसों में शराब परोसने का काम सालों-साल करती रही।

इन्हीं जलसों में झूमते हुए, पार्टी के ही एक कद्दावर नेता और पदासीन मन्त्री बदरीप्रसाद तिवारी तो पूनम की कलाई कई बार धर भी चुके थे। वैसे तो वो पूरा का पूरा पूनम को ही धरना चाहते थे, लेकिन लुकछुप के, ठण्डी आहें भरकर उस चमकदार गोरी चमड़ी वाली के दुपट्टे की हवा से ही ख़ुद को हर मर्तबा बहलाते रहे। ये बात हर कोई भलीभांति जानता था कि पूनम जोगी जी की रखी हुई ''व्यक्तिगत बांदी'' है, और फिर एक ही पार्टी के इतने सीनियर और उम्रदराज़ नेता के सामने कुछ ''शर्म-ओ-हया'', ''आंख का पानी'' या फिर ''लिहाज़'' जैसा कुछ तो बनता ही था। और फिर बाघ के मुंह से उसका निवाला निकालना, अपने बने-बनाये सियासी कैरियर और बसे-बसाये राजनीतिक ऐहतराम को भी दांव पर लगाने जैसा था।

इसीलिए बाक़ियों की तरह तिवारी जी भी ख़ामोशी से जोगी जी के ''प्रयाण'' का इन्तज़ार करने लगे।

रामदयाल जोगी ने, ना तो कभी पूनम को ब्याहता होने के ग़ुरूर और सम्मान से ही नवाज़ा और ना ही कोई जगमगाती कुर्सी पर कभी बैठने का मौका ही दिया। और तो और पूनम का निवास भी बंगले के पिछवाड़े, सर्वेन्ट-क्वार्टर में ही रहा। ये अलग बात थी कि रामदयाल जोगी के चरण दबाने का दायित्व एकमात्र पूनम पर ही था। रोज़ाना गहरी होती हरेक रात को पैग-दो-पैग चढ़ने के बाद पूनम देवी तलब कर लीं जाती थीं। और प्रारम्भ से लेकर वर्तमान तिथि तक, इस सेवा में कोई नागा, कोई बहाना, कोई कैसा भी कार्यक्रम कभी आड़े नहीं आने पाया था।

पूनम यादव को ख़ुद भी, वापस वज़ीराबाद जाकर उपले बनाने, उन्हें सुखाने और

सुखाकर घर ले जाकर अपने चौदह लोगों के कुनबे के लिए चूल्हे पर रोटियां बनाने से बेहतर काम वृद्ध की चरण-वन्दन और देह-मर्दन करना लगता था। भले ही ये सब करते हुए, उसका ज़मीर रोज़ रात को कुचला जाता हो, लेकिन फिर भी पूनम अपने गांव लौटना नहीं चाहती थी। और अगर वो कभी जाने का सोचती भी, तो किस मुंह से सोचती? क्योंकि घर छोड़ने से पहले उसका ब्याह उसके गांव के ही एक किसान सुरेस से तय हो चुका था। पूनम अपनी तीनों भैंसों को चरा के जब लौटती थी, तो यदा-कदा सांझ ढले पोखरे के पास सुरेस अहीर से मिल भी आती थी। अब तो उस आदमी का भी घर-परिवार बस चुका था और वो बाल-बच्चों में रम गया था। सुरेस को तो अब पूनम की सुध भी ना रही थी। गृहस्थी ऐसा जंजाल है कि एक बार कोई उलझा तो पूरी उमर खपा के भी उससे आज़ाद नहीं होता। गृहस्थी में से इन्सान अर्थी पर सवार होकर ही बाहर निकलता है। पूनम की तो ना गृहस्थी ही बसी, ना तो कोई ऐसा पद ही मिला जिससे वो ताउम्र मलाई चाभती। सिर्फ़ एक कामातुर बूढ़े की रखी हुई लौंडी ही तो थी वो! पूनम को ये दुःख दिन-रात सालता था, लेकिन कोई हल नहीं निकल रहा था। मौसम एक-एक कर गुज़र जाते। हर भवन की तरह ही, अब राजभवन की बड़ी सी बगिया में भी हज़ारों-हज़ार फूल खिलते, खिलखिलाते, महकते और मुरझा भी जाते। लेकिन पूनम के जीवन में कोई बहार, कोई बसन्त, कोई बरसात, कोई भी फुहार छू तक नहीं सकी थी। वो एक ऐसी कली थी, जो सीधा ठूंठ बनती जा रही थी। एक-एक कर पूरे बीस साल बीत गए। वो पन्द्रह बरस की छैल-छबीली देहात की अल्हड़ लड़की देखते ही देखते पैंतीस पार की संजीदा औरत बन गयी। और औरत भी ऐसी सूखे जंगल जैसी, जिस पर ना कभी फल लदे, और ना ही सिंदूरी आभा वाला कोई रंग ही चढ़े। और तो और आगे भी ऐसी कोई ख़ुशनुमा शहनाई बजने के आसार भी दूर-दूर तक दिखाई नहीं देते थे।

एक दिन सुबह-सवेरे पूनम आंख मलते हुए जोगी के बेडरूम से बाहर आई। बूढ़ा अभी बिस्तर से उठा नहीं था। उसके लिए, उसका कुक छज्जू ''हर्बल-टी'' बना रहा था। बाहर सूरज निकल चुका था और माली काका भी आ चुके थे।

महेश काका एक किनारे बैठे, ओस में नहाई हुई मुलायम मिट्टी को खुरपी से खोद रहे थे। वो गुलाब की क्यारियां बना रहे थे। महेश के पास कई रंगों के गुलाबों की ढेरों क़लमें रखी हुई थीं। पूनम ने महेश काका के पास बह रहे पाइप से पानी लेकर कुछ छींटें अपने चेहरे पर मारे। भीगा हुआ पूरा बगीचा बड़ा ही सुहावना लग रहा था। ओंस की बूंदों से तृप्त, हर फूल, हर पत्ते, और हर क्यारी पर सूरज की मद्धिम किरणें पड़ रहीं थीं। अपने दुपट्टे से मुंह पोंछती हुई पूनम वहीं माली के पास बैठ गयी। महेश की उम्र पचास के आसपास रही होगी। ये भी जोगी के पुराने सेवकों में से एक था। उसका अपना भरा-पूरा परिवार था, जिसमें तीन बेटियां भी थीं। जिनमें वो दो को सकुशल विदा कर चुका था। वो पूनम को भी ''बिटिया, बिटिया'' ही कहा करता था।

आज महेश ने पूनम को नज़दीक से काफी समय बाद देखा था। वो उसके चेहरे पर फैले नैराश्य को पढ़ रहा था। उसके माथे पर उभरी थकान, तक़लीफ़ और अपमान से भरी शिकन को देखता-समझता रहा। उसे आभास था कि रात भर एक पुरुष के सहचर्य से, किसी सयानी बेटी का चेहरा थकान के बाद भी खिलता है, अगर वो उसका स्नेही हो तो। ये जबरन के सम्बन्ध, ये बेमेल की रति भला किसी जवान लड़की को कहां सुहायेगी? जिसमें ना स्नेह हो, ना अस्मिता, ना प्रेम हो, ना ज़िम्मेदारी, ना अपनापन हो, ना कोई अनुराग, ना कैसा भी बंधन, और जहां ना ही कोई भविष्य ही दिखता हो।

महेश पूनम को ध्यान से देखता रहा। फिर धीरे से बोला, 'कइसी हो बिटिया? ढेर दिन बाद दिखी'।

पूनम बेहद फीकी मुस्कान के साथ बोली, 'अच्छी हूं काका'।

महेश ने फिर स्नेह से पूछा, 'महीना दुई महीना दिखी नाहीं, गांव-देहात चली गई रहियू का?'

पूनम ने फिर मरियल आवाज़ में जवाब दिया, 'नहीं काका, मैं तो यहीं थी, वो हम लोगों के क्वाटर की पुताई चल रही थी कई दिनों से, उसी उठाधरी में लगी थी।'

'अच्छा। हुई गवा सब रंगापोती का कामधाम!'

'हां काका! सब निपट गया।'

आज बुज़ुर्ग़ महेश काका जाने किस अचूक घड़ी राजभवन की कोठी में दाखिल हुए थे, कि पूनम के दिमाग़ में पूरे जतन से मन्त्र फूंके जा रहे थे, 'पूनम बिटिया, कछु आपन जिनगी का भी रंगाई देयखो तुम। उमिर होये रही हंय बिटिया रबेन्ट काटर तओ हर साल रंगत-पुतत रहिये ब लगत रय्यै।'

'क्या कह रहे हो काका? कुछ छुपा नहीं है तुमसे, जानते तो हो सब?'

'जानत हंय, तबै तओ समझाये रहे हंय। बुढ़वा घाघ तुमका मार के मरी तनिक बिचारो बिटीवा एकरे जीते जी तुम्हरा कछु भला नाय होये सकत।'

पूनम ने इस बार कोई जवाब नहीं दिया। वो बस अपने हमदर्द पिता समान महेश काका को देखती रही। महेश काका के उसके लिए चिन्ता और हमदर्दी से भरे हुए शब्द सुनकर उसकी आंखें नम हो आयीं। वो वहां से उठकर अपने क्वार्टर में चली गयी। पूनम का शलवार-कुर्ता गीली ज़मीन में बैठने से पहले ही काफ़ी भीग गया था। उसका दुपट्टा गीले चेहरे और हाथ पोंछने से भीगा था। सिर्फ़ उसका मन जो अब तक, रात भर से, रूखा-सूखा बचा हुआ था, वो माली काका की स्नेहिल आत्मीयता ने भिगो दिया था।

पूनम पिछले बीस सालों से सियासत की दांव-पेंच वाली इसी ज़मीन पर पल रही थी। कई सारे मोहरे उसने बनते और उनकी दुर्गत होते भी देखे थे। तमाम सारी चालों को खेलना भी उसने बख़ूबी समझा हुआ था। वो बादशाह और वज़ीर तक को धूल चाटते, हारते, बुरी तरह मात खाते हुए देखते ही बड़ी हुई थी। बिसात पर पड़े हर एक मोहरे की कीमत भी उसे मालूम थी। लेकिन इन सबके बावजूद कभी भी उसने ख़ुद को खेल का हिस्सा नहीं समझा। वो तो एक मामूली-से, मरे हुए प्यादे जैसी खेल के मैदान से बाहर पड़ी हुई थी। लेकिन माली काका के अल्फ़ाज़ जितना उसे रुहानी आराम दे रहे थे, उनसे निकले तल्ख़ी में लिपटे शब्दों के कटु-भावार्थ उसके दिमाग़ को भेदते जा रहे थे।

ना जाने वो ऐसी कौन सी भोर हुई थी, जिसने उसे ख़ुद भी मैदान में उतरने का जज़्बा और हौसला दे डाला था। वो भी अपने मैले-कुचैले, फटे-पुराने वजूद को बटोरने की कोशिश करने लगी थी। वो तो महज एक शह देने का मन बना रही थी। ''मात'' जैसी शै अभी उसके लिए बहुत दूर की कौड़ी थी। पूनम हर रात एक लिजलिजे बूढ़े शरीर की क्षुधा शान्त करते-करते वैसे भी ऊब चुकी थी। वो इन बोझिल लम्हों में अपनी आत्मा को मरा हुआ महसूस करने लगी थी।

इन्हीं तमाम सारे ताज़ा विद्रोही ख़यालात और नये ज़हरीले तेवर को दिमाग़ में पालते हुए, थोड़ा-सा वक़्त और गुज़रा। तभी एक दिन उसके क्वार्टर के बगल में रहने वाले राजभवन के कुक छज्जू का दूर का नातेदार बिसम्भर आया। वो छज्जू के क्वार्टर पर रुका हुआ था। बिसम्भर दमे का मरीज़ था और उसी के इलाज के सिलसिले में शहर आया था। वो अपने पहनावे-ओढ़ावे से बड़ा अजीब-सा प्राणी दिखता था। एक लबादे जैसा कपड़ा खुद पर डाले रहता था। लम्बे-लम्बे बाल जटाओं जैसे बिखरे थे। उसका रंग भी चटक काला था। माथे पर वो कई रंगों का तिलक लगाये रहता था। उसे गौ़र से देखने पर थोड़ा डर भी लगता था। वो एक बड़ी-सी कपड़े की बनी गठरी भी साथ लेकर चलता था। ख़ुदा जाने उसमें क्या-क्या भरा था।

ये तो सर्वविदित था कि जोगी साहब के पास पूनम की ड्यूटी केवल रात को ही लगती थी, लेकिन छज्जू को देखा जाये तो वो पूरे दिन ड्यूटी बजाता था। बशर्ते जोगी जी को कहीं बाहर खाने पर ना जाना हो। जब छज्जू रात का खाना बनाकर लौटता था, तब कोठी के भीतर पूनम की हाज़िरी का वक़्त होता था। छज्जू का रोज़ाना रात को रसोई से लौटना ही पूनम के प्रवेश का इशारा होता था। लेकिन सवेरे ऐसा नहीं था। सवेरे तो पूनम जब तक बाहर नहीं आती थी, छज्जू दरवाज़े पर बैठा उसकी राह तकता और उसके बाहर निकलते ही ख़ुद रसोई की ओर दाख़िल होता था। बरसों-बरस से यही कायदा चलता रहा। रसोईये बदले, घर बदले, मौसम बदले, टाइम में भी ज़रा-बहुत हेरफेर हुआ, लेकिन लुगाई पूनम ही रही, जो रात को प्रविष्ट

होती, और सुबह-सवेरे बाहर निकलती। वो तो जैसे एक समर्पित पतिव्रता स्त्री की तरह धर्म निभा रही थी।

ooo

एक दोपहर जब छज्जू राजभवन की रसोई में था, उस समय बिसम्भर क्वार्टर के बाहर आराम से हाथ-पैर पसारे धूप सेंक रहा था। पूनम अपने कमरे के भीतर से उसे देख रही थी, जिससे बिसम्भर पूरी तरह से बेख़बर था। कुछ देर बाद बिसम्भर ने बगल में रखी अपनी गठरी खोली। पूनम ने देखा, बिसम्भर ने उस गठरी में से कई सारी पिटारियां निकालीं। कई सारी छोटी-छोटी पुड़ियां निकाली। जड़ी-बूटी जैसी भी कुछ दवायें निकाली। एक बीन भी निकाली।

अरे, ये बिसम्भर तो सांप पालने वाला, एक संपेरा निकला! उसे देखकर पूनम को तत्काल अपने बचपन का गांव और छोटे भाई-बहनों के साथ मदारी और संपेरों के पीछे दौड़ते फिरने की याद हो आयी। कैसे वो नदी पार करके सांप-नेवले की लड़ाई देखने जाती थी, संपेरे की बीन सुनकर कैसे वो स्कूल से भाग भाग जाती थी। नाग-नागिन का जोड़ा, हरी नागिन, बिसखोपड़ा, कई रंग वाली बिच्छी, दोमुंहा सांप, गेंहुअन, अजगर का बच्चा, घोड़ापछाड़, वो एक-एककर, ये सब याद करती हुई, मारे कौतूहल के अपने कमरे से बाहर निकल आई। उसने एक बच्चे की तरह व्याकुल होकर बिसम्भर से कहा, 'बिसम्भर चाचा ये बीन बजाओ ना! सुना दो ना एक बार, जमाना गुज़र गया इसकी धुन सुने हुए। यहां शहर में कोई बजाता ही नहीं।'

बिसम्भर अपने में खोया हुआ था। वो अचानक पूनम को देखकर अचकचा गया। उसने थोड़ी रुखाई से कहा, 'मैं बीन बजाऊंगा तो सांप जग पड़ेंगे, अभी ही सुलाया है सबको।'

'अभी ही सुलाया है। दिखाओ तो सोते हुए सांप कैसे दिखते हैं?' कहते हुए पूनम बिसम्भर की खाट से पास जा बैठी।

'बावरी हुई है क्या लड़की, अच्छी भली उम्र मालूम पड़ती है तेरी, फिर भी बच्चों की सी बातें करती है। जाओ यहां से, मुझे तंग मत करो।'

पूनम थोड़ी मायूस हुई, लेकिन फिर भी हिम्मत करके बोली, 'बिसम्भर चाचा बीस साल हो गए, ना गांव देखा, ना गांव वाले। ना माई-बाप का नेह देखा, ना भाई-बहन का लाड़! ना मदारी भइय्या, ना संपेरा मऊसा। ना किसान चच्चा, ना महाजन ताऊ! अरसों-बरसों बाद तुम्हें देखा तो मन हो आया कि एक बार बीन की तान सुन लूं। इसी कारण तुम्हारे पास आने से ख़ुद को रोक नहीं पाई मैं। अब तुम मुझसे तंग होते हो, तो ठीक है, मैं चली जाती हूं।' कहते-कहते पूनम खड़ी होकर वापस जाने लगी।

इतनी मर्मस्पर्शी बातें सुनकर बिसम्भर का दिल थोड़ा पसीज गया। उसने पूनम को रोका, 'सुनो बेटी, इधर आओ बैठो यहां'।

पूनम चुपचाप सिर झुकाकर, बिसम्भर के पास बैठ गयी। बिसम्भर ने आगे कहा, 'मैं दमे का मरीज़ हूं, इसलिए थोड़ा चिड़चिड़ा हो गया हूं बुरा ना मानो लेकिन बीन बजाने लायक तो अब मैं बिलकुल नहीं रहा। सांप देखना चाहो तो दिखा देता हूं। बोलो कौन सा देखना चाहती हो?'

बिसम्भर की स्नेहिल-वाणी से, पूनम की मायूसी जाती रही। वो चहककर पूछने लगी, 'आपके पास कौन-कौन से सांप हैं?'

'करीब-करीब सारे ही हैं। इतने बरस की कुल यही तो कमाई है मेरी, रुक जाओ दिखाता हूं तुमको,' कहते-कहते बिसम्भर ने कई और पिटारियां भी अपनी गठरी से बाहर निकाल लीं। वो एक-एककर सबका ढक्कन खोलकर पूनम के सामने रखता गया। पूनम बड़ी खुशी-खुशी पिटारी में सोये हुए सारे सापों को निंहारती रही। हरे, काले, भूरे, गाढ़े सलेटी, चित्तीदार, चौखण्डे दाग वाले, गुड़मुड़ाये हुए, ढेरों सांपों को चुपचाप सोता हुआ देखकर उसे बड़ा मज़ा आ रहा था।

बिसम्भर एक-एककर धीरे-धीरे पिटारी के मुंह को बन्द भी करता चल रहा था। अचानक एक पिटारी में से एक बड़ा सा काला नाग जो कि शायद सोया नहीं था,

वो फ़ुफ़कारकर बिसम्भर की तरफ़ लपका। पूनम की मारे डर के बहुत ज़ोर की चीख निकल गयी। लेकिन बिसम्भर मंझा हुआ, अनुभवी संपेरा था। उसने नाग के फ़न के आगे मुट्ठी नचाई और नाग फ़ौरन ही काबू में आ गया। बिसम्भर ने वापस उसे लपेटकर पिटारी में सुला दिया। जब बिसम्भर ने उस पिटारी को अपनी पोटली में वापस रखा तब कहीं जाकर पूनम ने राहत की सांस ली। फिर उसने थूक गटकते हुए कहा, 'बिसम्भर चाचा, तुम्हारी मुट्ठी में तो जादू है। वो भयानक काला नाग भी तुम्हारी मुट्ठी पहचानता है। देखो तो कैसा शान्त हो गया। वरना तो वो मुझे आज डस ही लेता, है ना?'

बिसम्भर ठहाका लगाके हंस पड़ा। उसने हंसते हुए पूनम से कहा, 'अरे मेरी नादान बेटी! ये कमाल मेरी मुट्ठी का हर्गिज़ नहीं, ये तो इस बूटी का है, इसी को सुंघाकर उस बदमास करिया नाग को बेहोस किया है। अरे बेटा दिनरात सांप को लिए-लिए फिरता हूं मैं, भला इन सब जड़ी-बूटीयों के बग़ैर कैसे चलूंगा? सांप को बस में करना कोई मामूली बात थोड़े है!' और बिसम्भर ने अपनी मुट्ठी खोलकर पूनम को एक मटमैले रंग की छोटी-सी जड़ी दिखा दी।

पूनम कुछ देर तक तो, बड़ी हैरानगी के साथ, बिसम्भर की हथेली पर रखी उस क़रामाती बूटी को घूरती रही। फिर उसने बिसम्भर से कहा, 'चाचा, लाईये मुझे भी सूंघना है। ज़रा देखूं ये कैसी महकती है जिससे इतना बड़ा सांप तक बेहोश हो जाता है?'

'अरे नहीं नहीं। ये इन्सानों के लिए नहीं है बेटी! इसे तो अगर मामूली इन्सान भी देर तक सूंघ ले, तो बच नहीं सकेगा। इसकी हल्की सी गंध से भी आदमी को लकवा मार जाता है या फिर वो गूंगा-बहरा हो जाता है। अरे ये बहुत तेज़ जड़ी है लड़की, बस इतना मान लो, कि इससे आदमी की जान बच नहीं सकती है।' बिसम्भर अपने सामान सहेजता रहा और बूटी की महिमा बताता रहा।

कुछ दिनों पहले पूनम को महेश काका ने एक शिक्षा दी थी। पूनम को इस वक़्त कुछ ऐसा अहसास हुआ, कि बिसम्भर काका की वजह से आज उसकी दीक्षा भी

पूरी हुई। उसने बड़ी सादगी से बिसम्भर से पूछा, 'चाचा क्या इस बूटी का एक यही टुकड़ा आपके पास है और नहीं है?'

बिसम्भर अपना फैलाया हुआ सारा असबाब समेट चुका था। खाट पर पसरते हुए बोला, 'होयेगा काहे नहीं, गठरी में भी होगा। घर में तो ज़्यादा भी होगा! लेकिन तुम ये क्यों पूछ रही हो?'

'चाचा यहां पीछे कच्ची ज़मीन है, आगे भी देखो कितना बड़ा बाग-बगीचा फैला हुआ है। कोठी के उस तरफ़ तो स्वीमिंग-पुल के लिए खुदाई भी हो रही है, कई बार रात-बेरात सांप-बिच्छू निकल आते हैं। अगर आप मुझे ये टुकड़ा दे देते तो आपकी मुझ पर बड़ी कृपा होती। मैं अकेली जान भला इन जीव-जनावर से कैसे अपनी सुरक्षा करूं, आप ही कहिये?'

बुज़ुर्गों को पटाना समझदार औरतों के बायें हाथ का खेल है। इससे फ़र्क़ नहीं पड़ता कि रिश्ता कौन सा होता है।

बिसम्भर बिना पल गंवाये बूटी पूनम को थमाते हुए बोला, 'रख लो बेटा कोई बात नहीं, लेकिन रुई या कोई छोटे-मोटे कपड़े में लपेटकर रखना। देखो बड़ी ज़हरीली और असर करने वाली बूटी है। ध्यान से रखना, किसी ऐरे-गैरे के हाथ ना लगे।'

पूनम बिसम्भर को खूब धन्यवाद देकर, बूटी सहेजते हुए अपने कमरे में चली गयी।

ooo

पूनम जोगी जी के आलीशान बेडरूम में रोज़ की तरह ही दाख़िल हुई। जोगी जी अपने शानदार डबलबेड पर हाथ में आधा ख़ाली गिलास लिए हुए फैले थे। पूनम कमरे के अन्दर आकर करीने से सजे हुए शनील के सोफे पर बैठ गयी। उसे देखकर जोगी जी बड़े अन्दाज़ से बोले, 'काहे इत्ता दूर बैठी हो पुन्नो रानी, ज़रा पास तो आओ हमारे, कुछ ठण्डक तो पड़े हमारे जलते हुए कलेजे को।'

पूनम बिना कुछ बोले चुपचाप, जोगी के नज़दीक बिस्तर पर आकर बैठ गयी। व्याकुलमना जोगी जी, गिलास किनारे लैम्प के पास वाली कांच की नक्काशीदार, छोटी-सी मेज़ पर रखकर, बड़े आवेग से उससे लिपट गए।

थोड़ी चूमाचाटी के बाद बोले, 'भई ये खादी का कुर्ता बड़ा चुभ रहा है हमें, ये तो रोड़ा ही बना है तुम्हारे हमारे बीच में। हटाओ तो इसे?' कहते-कहते जोगी जी ने अपनी बाहें उठा दीं।

पूनम ने गहरी सांस लेते हुए, यन्त्रवत जोगी का कुर्ता उतार दिया। एकदम ढीले हुए दो कन्धे, लटकी हुई खाल वाली दो बूढ़ी बाज़ुयें और सफ़ेद बालों वाली झुरीदार छाती नुमाया हुई। पूनम चिढ़कर उस पशु को देखती रही। बोल तो अब भी उसकी ज़बान से नहीं फूटे थे।

लेकिन जोगी जी शायद आज बड़ी ख़ुमारी में थे। शायद आज कोई लम्बा दांव जीतकर आए थे। उन्होंने पहले गिलास उठाकर दो घूंट में ही ख़ाली कर दिया। फिर पूनम को चिपकाये हुए बड़बड़ाने लगे, 'पुन्नो रानी जो नशा तुममें है, वो सौ बोतल में नहीं, कितने बरस हो गए तुम्हें साथ सुलाते, लेकिन मजाल है कि कोई और औरत हमें पसन्द आए, नहीं, हर्गिज़ नहीं अरे! तुम तो जान हो हमारी। हम मरते हैं, कसम से तुम पर पुन्नो सच मानो, हम मर जायेंगे तुम्हारे बिना, एक पल भी जी ना सकेंगे। वो हरामी स्साला, गांव का देहाती लौंडा तुम्हें ये सबकुछ दे पाता, जो हमने तुम्हें दिया? नहीं! कभी नहीं! कभी भी नहीं दे सकता था। अरे वो क्या जाने हम कितने बड़े खिलाड़ी हैं, राजनीति के दांवपेंच कोई हमसे सीखे, किसको किस दांव से पटकना है, ये हम जानते हैं सिर्फ़ हम। हम कौन सी हस्ती हैं, ये तो बस हमारी जान पुन्नो जानती है। पुन्नो में बसती है हमारी जान, बस। और कहीं नहीं, कहीं नहीं और।'

काफ़ी लिपटने-चिपकने के बाद जोगी जी ठहर गए। वो पूनम को देखते रहे। फिर बोले, 'जरा कमर दबा दो हमारी, आज बड़ी दुख रही है, पूरे दिन बैठना पड़ा ये सत्र भी जान का दुश्मन है मेरी, पता नहीं काहे लौट-लौट के चला आता है। मेरी पुन्नो

अपनी नाज़ुक-नाज़ुक कलाई फिरा दो थोड़ा।' कहते-कहते जोगी जी करवट लेकर लेट गए।

पूनम फिर बिना कुछ बोले, अजगर जैसी उस मोटी लिजलिजी कमर को दबाने लगी।

जोगी फिर बकुरा, 'आज तुम बहुत चुप चुप हो? कहो, का हो गया? कुछ रुपिया-पईसा खतम हो गया क्या तुम्हारा?'

पूनम इस बार चुप नहीं रही। उसने गंभीरता से एक वाक्य बोल दिया, 'रखैलों को चुप ही रहना चाहिए।'

जोगीजी की ख़ुमारी एकदम-से तैश में बदल गयी, 'अरे पुन्नो रानी तुम हमारी जान हो। अरे तुम तो मलकिन हो हमारी। ये कैसा गन्दा-गन्दा बोलती हो? साला कोई है जो तुमको हमसे अलग कर सके? पुन्नो नहीं, तो रामदयाल जोगी नहीं। हम तो पुन्नो के हैं बस, और कोई के नहीं। कोई और मेहरिया नहीं चाहिए हमको। बस पुन्नो, बस एक पुन्नो!'

इस ज़ोरदार ऐलान के बाद जोगी ने पहले तो पूनम को बड़ी दमदार झोंक से गले लगाया। फिर उसके सारे कपड़े एक एककर उतार फेंके। उसके बाद अपने नीचे लिटाया और बड़ी मुश्किलों से एकत्रित की हुई अपनी सारी बुढ़ौती की ताक़त उस पर उड़ेल दी।

पूनम उन बूढ़ी आंखों से लार की तरह टपकती हवस देखती रही। बूढ़े के सिर पर सफेद बालों को हिलते-डुलते देखती रही। उसके माथे पर उभरी दो-एक पसीने की बूंदों की कंपकंपाहट देखती रही।

उसे आज जोगी से आती हुई गन्ध से उबकाई आ रही थी। वो इसी पल उस लपलपाते गलीच भेड़िये को ढकेल कर इस राजभवन से कोसों दूर भाग जाना चाहती थी, जहां उसे ख़ुद उसके सिवा कोई भी ना पहचानता हो। जहां उसे कोई ना जानता हो। जहां वो फूट-फूट कर इतना रो सके, कि उसके सारे पाप धुल जायें। जहां वो खुलकर बेतहाशा चीख सके, और उसे कोई भी ना सुनता हो। जहां उसका रोंआ रोंआ ग्लानि, क्षोभ, पश्चाताप और प्रायश्चित जैसे तीव्र जज़्बातों से बाहर निकल

सके। जहां महेश काका उसे ना देख सकें। जहां बिसम्भर चाचा उससे कोई बात ना कर सकें। जहां जाकर वो शुद्ध हो सके, पहले की तरह निर्मल और पवित्र बन सके। जहां वो निर्वेद के नज़दीक पहुंच सके।

लेकिन पूनम को कहीं जाने की ज़रूरत नहीं पड़ी। जोगी निढाल होकर बिस्तर के एक तरफ़ गिर पड़ा, और उसकी बड़बड़ाने की आवाज़ें शनै:शनै: खर्राटों में तब्दील हो गयीं।

निर्वस्त्र पूनम ने ख़ुद को एक चादर से लपेटा और पैताने पड़े अपने दुपट्टे को उठाया। उसने दुपट्टे के छोर में बंधी गांठ खोली। वो तिलिस्मी बूटी अब उसके हाथ में थी। पूरे बिस्तर को पार करके वो जोगी के करीब पहुंची। उसने उसके फड़फड़ाते नथूने के पास बूटी रख दी। पहले तो जोगी का मोटा थुलथुल बदन खर्राटों की लय में संचालित होता रहा। फिर ये लयबद्ध क्रम कुछ बिगड़ा। कुछ तेज़ हुआ। कुछ देर बाद उस लौंदे जैसे जिस्म में कुछ सिहरन दौड़ती दिखाई दी। उसके फैले-पसरे बेढब शरीर में कई तरह से कंपन पैदा होती रही। दम साधे हुए पूनम ने, बूटी जोगी की नाक से रत्ती भर भी नहीं हिलने दी।

आख़िरकार, एक लम्हा ऐसा भी आया, जब जोगी का बदन एकदम बर्फ की सिल्ली जैसा जड़ हो गया। उसमें लेशमात्र की हलचल भी नहीं बची। वो बहुत गहरी नींद में सोया हुआ दिखने लगा। पूनम ने उसे वही सफेद चादर उढ़ा दी, जो कि उसने पहले ख़ुद पर लपेटी हुई थी।

सवेरा हुआ। सूरज निकला। चिड़ियें जागीं। भोर की हवाओं ने लहराकर सारे सोये हुए जगत को नींद से जगाया। भोर की हवा चाहे कितनी ही मोहिल और आत्मीय क्यूं ना हो, लेकिन वो केवल सोये हुओं को जगा सकती थीं, मरे हुओं पर उनका भला क्या ज़ोर चलता; रत्ती भर भी नहीं, हर्गिज़ नहीं।

छज्जू बाहर इन्तज़ार में बैठा था। पूनम पूरे कपड़े पहनकर, रोज़ की तरह जोगी के कमरे से बाहर निकली और हमेशा जैसे ही, बिना किसी से आंख मिलाये अपने कमरे में चली गयी।

०००

शोकसभाओं का आयोजन होता रहा।

रंचमात्र की श्रद्धा ना होते हुए भी और यथार्थ का एक क़तरा आंसु ना होते हुए भी, अश्रुपूरित श्रद्धांजलि दी गयीं।

जोगी के मृत शरीर पर गिरते ही अशुद्ध हो जाने वाले फूलों से पुष्पांजलि दी गयी।

सत्तालोलुपता में तिल-तिलकर कर मरने और एक दूसरे को मारने पर आमादा, बेहद ख़ुदग़र्ज़ नेताओं ने अपने महामहिम को तिलांजलि भी दे दी।

दुपट्टे से ढके हुए सिर को झुकाये, जोगी की तस्वीर के पास बैठी पूनम सुबक रही थी। तिवारी जी ने उसके कन्धे पर हाथ रखकर उसे ढांढस बंधाया। आश्वासन और सांत्वना के वरक़ में लपेटकर, मोहब्बत के हज़ारों पैग़ाम वो आंखों ही आंखों में अलग से पूनम को देते गए। पूनम एक साथ ही ''अनाथ'' और ''सनाथ'' दोनों हो गयी।

राज्यपाल की मौत एक बड़ा प्रसंग था। एक गम्भीर मसला था। पार्टी हुकूमत में थी, इसलिए हलचल और भी बड़ी थी। बड़े पैमाने पर मीटिंग रखी गयी। तकरीबन सारे नेता हाज़िर हुए। बदरीप्रसाद तिवारी भी दलबल के साथ पहुंचा।

बहुत देर तक ना चलने वाली इस मीटिंग में, तय ये हुआ कि वर्तमान कृषिमन्त्री को, जो कि अब अस्सी के करीब पहुंच गए हैं, नया राज्यपाल नियुक्त किया जाये। और खाली होनेवाले इस मन्त्री पद पर किसी नये जोश, नये चेहरे, किसी नये युवा को बिठा दिया जाये। बदरीप्रसाद का इशारा पाकर उसी के एक चेले, भईय्या भोलानाथ ओझा ने पूनम यादव का नाम लिया। पूनम, यादव बिरादरी से भी थी। महिला थी। और अकेली भी थी। बंदरी के सारे चिलाण्डू नेताओं ने उसके प्रस्ताव में फौरन हामी भर दी। ये भी तय हुआ कि नये राज्यपाल की नियुक्ति के सप्ताह भर के भीतर नये कृषि राज्यमन्त्री यानी की पूनम यादव को भी शपथ दिलवा दी जायेगी।

अब पूनम यादव के सर्वेण्ट क्वार्टर से बाहर निकलने के दिन आ गए थे। फिर भी ''बूटी'' उसके लोहे की बकसिया में बड़े ऐहतियात से सुरक्षित रखी हुई थी।

आज सूती साड़ी पहनकर, अन्दर ही अन्दर उल्लसित होती पूनम बाहर पोर्टिको में, इन्तज़ार करती सफ़ेद ऐम्बेसडर की ओर बढ़ रही थी। उसने राजभवन के अपने सर्वेण्ट क्वाटर से बाहर निकलते हुए बागीचे में देखा, माली काका ने गुलाबों की क्यारियां बना ली थीं। हर क्यारी में अलग-अलग रंगों के मुस्कुराते, खिलखिलाते और झिलमिलाते गुलाबों को वो बड़ी तबीयत से देखती रही। लाल, पीले, सफ़ेद, बैंगनी, नारंगी, गुलाबी, काले, सतरंगी गुलाब।

पूनम ने बढ़कर एक सुर्ख़ गुलाब बदरीप्रसाद तिवारी के लिए तोड़ लिया। इस लम्हे, पूनम के चेहरे पर एक शातिराना मुस्कान उभर आयी थी।

हीरामन चौधरी

'बाबू जी आज तो आपको आना ही नहीं था, कितना तेज़ बुख़ार है देखिए तो पूरा बदन जल रहा है।' चौकीदार रामबली ने हीरामन को अपनी कुर्सी पर बैठाते हुए कहा। हीरामन की कांपती हुई बुज़ुर्ग देह और उसके लड़खड़ाते कदमों को गिरने से बचाकर रामबली आश्वस्त था। हीरामन को तेज़ हवा से बचाने के लिए रामबली ने उसी के अंगोछे को उढ़ा दिया था। हीरामन ने सारा प्राण लगाकर एक लंबी सांस खींच ली और संभलते हुए बोला, 'अरे नहीं रामबली, अभी बहुत जान बाकी है मुझमें, मेरे शरीर में अभी कूबत है बच्चे! पहलवानी करता था मैं जवानी में। ये बुखार, ये बुढ़ापा ये सब तो आनी-जानी चीज़!' कहते-कहते वो ज़ोर से खांसने लगा और अपना वाक्य पूरा नहीं कर पाया। रामबली ने अपनी बोतल से निकालकर चौधरी साहब को साफ़ पानी पिलाया।

'आप बैठिए साहब, मैं आपके लिए ऑटो लेकर आता हूं। बादल घिरे हुए हैं, ना जाने कब बरस जाएं। सर उठिएगा नहीं जब तक कि मैं ना लौटूं। कृपा करिएगा मुझपर, वरना मैं चौधरानी को क्या जवाब दूंगा? उनका सवेरे से कई बार फोन आ चुका है। मैं अभी आया साहब ऑटो लेकर!' इतना कहते हुए रामबली अपने एक साथी को दरवाज़े की रखवाली सौंपकर सड़क की ओर निकल गया।

ऑफ़िस का टाइम ख़त्म हो गया था, कई और कर्मचारी भी निकले। जुलाई का महीना था। सभी को बारिश शुरु होने से पहले घर पहुंचने की हड़बड़ी थी। सभी ने हीरामन चौधरी को असहाय फाटक पर चौकीदार की कुर्सी पर अधमरा-सा सांस

लेने के लिए संघर्षरत देखा। लेकिन किसी की हिम्मत नहीं पड़ी कि आगे बढ़कर हीरामन को सहारा दे दे।

सभी जीवन से ''हारे'' हीरामन को ''हरिनाम'' के हवाले करके आगे बढ़ गए।

वैसे उन सभी की इस लाचारी की वजह अपना-अपना स्वार्थ तो था ही, लेकिन उससे भी बढ़कर सबसे बड़ी वजह दफ़्तर का मालिक रमन बेन्द्रे था। जिस बाबू की नौकरी पर चौधरी हीरामन आकर इस बुढ़ौती में काबिज़ हुआ था, वो बेन्द्रे ने अपने साले के लिए सुरक्षित रखा था। अब ना सही, साले कम से कम उसके अपने ''पक्के चिड़ी के ग़ुलामों'' को तो वो ये कुर्सी दे ही देता। कुछ नहीं तो जी हज़ूरी तो मिलती ही। लेकिन बेन्द्रे लाख कोशिशों के बाद भी इसमें सफल ना हुआ। हीरामन की योग्यता, उसकी प्रतिभा के चलते बड़े बाबू का ओहदा उसे ही मिला। बेन्द्रे की हीरामन के आगे एक न चली। टकले बेन्द्रे का ''ईगो'' तो जो हर्ट हुआ सो हुआ ही, ऑफ़िस में उसकी एकछत्र राज चलाने वाली छवि भी धुंधली हुई। इसका बदला वो हीरामन की बीमारी से ले रहा था। अब मालिक और उसके तीखे बदले के बीच में किसकी ज़ुर्रत जो टांग फंसाए, अपना जी हलकान करे? दया-मया, रहम-इबादत ये सब चोचले रोज़ी-रोटी के बीच नहीं देखे जाते। यही दुनिया-जगत का सदा चलने वाला दस्तूर है। इस दस्तूर को सभी कर्मचारी निभा रहे थे, और हीरामन चौधरी और उसकी असहनीय हालत से आंख बचाकर निकलते जा रहे थे। उन सब की ख़ुदग़र्ज़ और चोर आंखें आसमान में बादलों की बेकली का जायज़ा लेने में लगीं थीं, ख़ासकर कि जब वे हीरामन के सामने से गुज़र रहे थे। इनमें से हर एक बन्दा हीरामन चौधरी के कुल-ख़ानदान को भली तरह जानता भी था।

हीरामन चौधरी की उम्र होगी यही कोई साठ-पैंसठ बरस। बड़े ख़ानदान में जन्में हीरामन को ऐसी कोई बड़े आदमियों वाली लत नहीं थी, जो ना लगी हो। एकलौती सन्तान हीरामन चौधरी ने पैसे-रुपए को ता-ज़िन्दगी मिट्टी बराबर समझा और पूरी

जवानी शबाब, कबाब और शराब को जी भर चखा था। अब बुढ़ौती में देह का मलिन और कमज़ोर होना कोई अनोखी बात नहीं थी।

बिन मां-बाप का रमन बेन्द्रे, बड़े ख़ानदानों और उनके सपूतों से वैसे ही खार खाता था। वो चौधरी ख़ानदान, उसकी मिल्कियत और ठाठ-बाट से भी जनम से स्वाभाविक जलन रखता था। जिस वक़्त रमन फ़ुटपाथ पर रहकर पढ़ाई करता था, उस समय हीरामन विलायत के अपने मकान में रंग-रलियों में डूबा हुआ था। लेकिन अब जब हीरामन जैसी 'विपदा' उसके सिर, उसके दफ़्तर, उसके कामकाज के दायरे से आ चिपकी तो वो हरसम्भव कोशिश करता रहा, कि हीरा को इतना सता दे, कि हीरा ख़ुद ही इस्तीफ़ा देकर नौकरी छोड़कर चला जाए। लेकिन हीरामन भी एक ही फ़ौलाद जैसी औलाद था, जो ना तीन में न तेरह में। अड़ गया तो बस अड़ा रहा। न नौकरी छोड़ रहा था, और न बेन्द्रे का पिण्ड। वो सबकुछ सहकर नौकरी से चिपका हुआ था। अब उसका घर-ख़ानदान, रुपए-पैसे, हवेली-बंगला सब नष्ट हो चुका था। इस नौकरी के सिवा अब उसके पास कोई दूसरा आसरा बचा ही नहीं था। उसकी बीवी राधिका चौधरी दुआ-मिन्नत करके, ऊपरवाले का नाम लेकर किसी तरह टूटी-फूटी गृहस्थी चला रही थी। उसे पूरा भरोसा था, कि एक न एक दिन उसकी सेवा, लगन और रखरखाव हीरा को वापस भला-चंगा कर देगी। राधिका हीरा की और हीरा राधिका की जान थी।

राधिका चौधरी का फोन फिर से टिनटिनाया। रामबली एक बार फिर से चौधराइन को वस्तुस्थिति बताने लगा, 'जी मयडम, सर के लिए औटो खोजने आया हूं। जाम ना मिला तो साहेब एक घण्टे में घर पहुंच जाएंगे। बारिश से पहलेपहल वो आप तक पहुंच जाएं बस, यही प्रार्थना है मयडम।' रामबली ने आगे बताया, 'ऑफ़िस से बीमार या ज़रूरत के लिए गाड़ी मिलती है, लेकिन सर को बेन्द्रे कभी नहीं देंगे, आप तो जानती हैं सब मयडम!'

अगले दिन हीरामन और परेशान था। उसकी तबियत पहले से ज़्यादा बिगड़ गई थी, बुख़ार था जो उतरने का नाम नहीं ले रहा था। एक नोटिस उसकी टेबल पर

इन्तज़ार करती मिली। एक भी छुट्टी उसकी बाक़ी नहीं थी। बायोकेमेन्ट्री पर इन्ट्री अपरिहार्य हो गई थी। यानी हीरामन को ठीक दस बजे दफ़्तर पहुंचना होगा, और अपने रेटीना और हाथ के पंजे से इन्ट्री करके शाम छः बजे दोबारा दफ़्तर छोड़ने की इन्ट्री भी ख़ुद करनी होगी। एक वक़्त भी ऐसा ना करने पर उसकी पूरे दिन की तनख़्वाह काट ली जाएगी। इस नए कायदे ने हीरामन की हालत पर कोढ़ पर खाज का काम किया। वो जो पहले ही शारीरिक आंधियां झेल रहा था, अब मानसिक रूप से और त्रस्त हो गया। उसके सिर पर कई उधार और घरेलू खर्चों सहित दवा-टेस्ट-डॉक्टर्स का दबाव भी था। थोड़ी बहुत रियायत वो देर-सबेर आने की ले लिया करता था, अब इस नए फरमान के चलते वो नामुमकिन हो गई थी।

कुर्सी पर बैठने में वो पूरी तरह समर्थ नहीं था। फिर भी बैठना था। जिसके चलते उसकी जांघों और पिछवाड़े की खाल छिलने लगी। वो आठ घण्टा एक ही कुर्सी पर गिरा रहता। बैठे-बैठे अपनी कमज़ोर देह को कभी इस करवट, कभी उस करवट डुला लेता। पेशाब जाने के लिए चपरासी, उसका असिसटेण्ट, चौकीदार सब मिलकर उसे शौचालय तक पहुंचाने में मदद करते। वो जब भी अपनी कुर्सी से उठता कुर्सी पर खून के धब्बे साफ़ दिखाई देते थे।

समय हमेशा किसी का भी एक सा नहीं रहता। ज़माना करवटें बदलता रहता है। दुनिया के रंग-ढंग भी बदलाव का जामा पहनते हैं।

लेकिन टुच्चे हमेशा एक जैसी ''टुच्ची मानसिकता'' रखते हैं, ''टुच्ची ज़बान'' ही बोलते हैं।

चौधरी ख़ानदान से जलने-कुढ़ने वाले लोग, जिन्होंने हीरामन को उरूज पर बैठा देखकर हमेशा हाथ मला था। वे खिसियानी बिल्ली सरीखे रंगे सियार पीठ पीछे हीरामन की इस बुरी दैहिक स्थिति को देखकर हंसी उड़ाने से बाज़ नहीं आते थे, 'औरतों की माहवारी तो सुना था, बड़े खानदान में बुढ़वों की भी माहवारी आती है, ये राज़ आज जाना!'

अर्दली लोग इन बातों को अनसुना करके, वापस हीरामन को उसकी उसी

लहूलुहान कुरसी पर बैठा जाते। उन आठ घण्टों में वो बहुतेरी फ़ाइलें निपटा देता था। निस्संदेह काम करने में वो उस्ताद था। लेकिन हांफ़ती-कराहती-डूबती सांसों के आगे उसका बस नहीं चल रहा था। वो बेदम होकर कई बार फ़ाइलों पर गिर जाता। चपरासी ''बाबू जी, बाबू जी'' कहकर हरकारा लगाते, वो फिर उठता, चपरासी की ओर देखकर जीवित होने के अहसास के साथ मुस्कुरा देता, दो घूंट चाय-पानी पीता और अनमना सा होकर फिर फ़ाइलों में खो जाता।

कभी-कभार वो दफ़्तर के फाटक पर ऑटो के इन्तज़ार में जब उससे बैठा नहीं जाता था, तो वो अपने सिर पर ओढ़े अंगोछे को पेड़ के नीचे बिछाकर लेट जाया करता था। किसी की दया की भीख स्वीकारना उसके चौधरी ख़ून को गवारा नहीं था, जो फ़िलवक़्त रिस-रिस कर उसके पायजामे को भिगो रहा था।

कई दिन तक यही उपक्रम चलता रहा। हीरामन का बुखार से तपता जिस्म फ़ाइलें निपटाता रहा। एक दिन तरस खाकर उसके असिस्टेण्ट प्रकाश वर्मा ने हीरामन चौधरी की जानकारी के बग़ैर, उसके लिए ऑफ़िस की गाड़ी का इन्तज़ाम करने के लिहाज़ से दरख्वास्त डाल दी। प्रकाश ने इसकी मौखिक अनुमति राधिका से ली थी। हालांकि उन दोनों को यक़ीन था, हीरामन का नाम देखते ही रमन, अर्ज़ी कूड़ेदान में डाल देगा। फिर भी प्रकाश ने ये दरख़्वास्त माह के आख़िर हफ़्ते, बीस तारीख़ को डाल दी थी क्योंकि पूरे महीने वो हीरामन को ऑटो के लिए फ़ाटक पर बेदम इन्तज़ार करता देखता रहा था। उसने कई बार हीरामन से अपनी मोटर-साइकिल पर बिठाने का प्रयास किया, लेकिन हीरामन को बिठा नहीं पाया। हीरामन चौधरी ताउम्र कार से चलता रहा। अब बाइक पर बैठने की ना तो उसकी हालत थी, न ही आदत।

कई लोगों की मदद से ऑटो में वो कुछ यूं बिठाया जाता, जैसे कोई भारी-भरकम सामान संभाल कर रख दिया गया हो, दूसरे दिन वापस उतारने के लिए। ऑफ़िस जाते वक़्त हीरामन की बीवी घर के दरवाज़े तक ऑटो बुलाकर लाती थी, दोपहर के खाने, छाते, दवाइयों और ज़रूरी कागज़ात के साथ उसे दफ़्तर रुख़्सत करती।

जब वो वापस आता, फ़ाइलों समेत पकड़कर उसे घर के भीतर लिवा ले जाती। कई हफ़्ते ये सिलसिला चलता रहा। तेइस की सुबह पांच बजे हीरामन बिस्तर से नहीं उठा। रात दो बजे तक राधिका उसके पांव दबाती रही, माथा सहलाती रही। डॉक्टर-नर्स उसे नियमित दवा देते रहे। लेकिन वो बाइस की रात को ऐसा सोया, कि तेईस की सुबह नहीं उठ सका। उसके पीछे से रिसता ख़ून जम गया था। उसके पाजामा अब गीला नहीं रहा। उसका मुंह खुला का खुला रह गया। अगली सांस वो बहुत कोशिशों के बाद भी ना ले सका। ऑफ़िस से फोन आने लगा, कि वक़्त हो गया और हीरामन अब तक क्यूं नहीं पहुंचा। राधिका रोने लगी। हर रोज़ ऑटो में बिठाने के लिए मदद को आगे आए पड़ोसियों ने ऑफ़िस में इत्तिला दे दी कि हीरामन अब इस दुनिया में नहीं रहा। ऑफ़िस में बैठे रमन बेन्द्रे को कुछ तसल्ली मिली। फिर भी उसके जी में ये खुन्नस बाक़ी रही, कि वो जीते-जी हीरामन का कुछ बिगाड़ नहीं सका। लिहाज़ा उसने मौजूदा माह की उसकी तनख़्वाह रोक दी। कर्मचारी जो मातमपुर्सी और अंतिम-यात्रा के लिए हीरामन के किराए के मकान पहुंचे थे, उन्होंने लिफ़ाफ़े में महज शोक-सन्देश रखकर राधिका को थमा दिया, ये कहकर कि, 'बेन्द्रे सर ने भेजा है।'

कई बाक़ी बिलों और उधारी के बोझ से दबी राधिका ने हीरामन की आख़िरी तनख़्वाह का चेक समझकर लिफ़ाफ़ा थाम लिया। लेकिन वो महज़ शोक-सन्देश निकला। जिसे देखकर रमन का कुटिल-कमीना चेहरा राधिका की आंखों में पानी के साथ तैर गया, और वो निर्विकार भाव से हीरामन की गतिहीन देह देखने लगी।

बहरहाल, हीरामन अपने तमाम सुख-दुख भुगतकर विदा हुआ। राधिका उस प्रेमी जीव हीरामन की आख़िरी मोहब्बत थी, जिसे वो ईश्वर प्रदत्त आख़िरी तोहफ़ा समझता था, और बड़ी शिद्दत से उसकी ग़ुलामी करता था। हीरामन ने पूरी दुनिया से बग़ावत की लेकिन अपनी नई ब्याही ख़ूबसूरत बीवी से कभी नहीं उलझा। हीरामन के लिए राधिका के वचन किसी हदीस से कम नहीं थे। जाते-जाते वो राधिका को बिलखता छोड़ के जा रहा था, जिसका उसे सबसे बड़ा मलाल था।

रमन बेन्द्रे ने राधिका को भी हीरामन की आख़िरी तनख़्वाह के लिए बहुत परेशान किया। ठीक उसी माह की तनख़्वाह, जब हीरामन ख़ून की उलटियां करता वक़्त से पाबन्द होकर कुर्सी पर बैठा करता था। एक दिन छब्बीस तारीख़ को राधिका को उसी दरख़्वास्त के पास होने की सूचना मिली, जो प्रकाश ने हीरामन के आने-जाने के वास्ते ऑफ़िस की गाड़ी के इन्तज़ाम के लिए लिखी थी। राधिका ने जवाब में कहा, 'उनके शरीर को घाट तक पहुंचाने के लिए ऐम्बुलेन्स आई थी, ऑफ़िस की गाड़ी रमन बेन्द्रे को ढोती रहे, वही बेहतर है।'

रमन ये सब सुनकर और कुढ़ गया। वो जानता था, राधिका किसी भी लहजे में अपने पति की ख़ुद्दारी में कमतर नहीं है। लेकिन फिर भी राधिका को सताकर रमन को वो सुख नहीं मिलता जो हीरा को सताने में मिलता था। उसने भरसक कोशिश करके हीरा की आधी-अधूरी तनख़्वाह रिलीज़ करवाई। इस तरह हीरामन का अध्याय अपनी ओर से सदा के लिए बन्द कर दिया।

कहते हैं, वक़्त की लाठी का वार बहुत दमदार होता है। उसकी गूंज ज़माने भर में सुनाई देती है।

समय गुज़रा, रमन बेन्द्रे पर भ्रष्टाचार के बड़े-बड़े आरोप लगे।

मंत्रालय में उसकी शिकायतें बराबर पहुंचती रहीं थीं।

जांच बैठी।

आरोप सही पाए गए।

बेन्द्रे को ना केवल पद से हटाया गया, बल्कि आने वाले वक़्त में उसे लंबी सज़ा मिलने के आसार भी दिखने लगे।

लोग-बाग उसके विरोध में ज़बान खोलने लगे थे।

अन्ततः एक दिन उसे ऑफ़िस को विदा कहना ही पड़ा।

इस आख़िरी दिन रमन बेन्द्रे बहुत झल्लाया हुआ था।

बेवजह कभी चपरासी को डांट रहा था, तो कभी अपने पीए को।

गाड़ी जब दरवाज़े तक पहुंची, तो रामबली ने फ़ाटक खोला।

रमन तैश में अपनी व्यक्तिगत गाड़ी में बैठने ही चला, कि उसके पांव लड़खड़ा गए। रमन उसी जगह गिरते-गिरते बचा, जहां पेड़ के नीचे कभी हीरामन ऑटो के इन्तज़ार में अपने अंगोछे को बिछाकर लेट जाता था।

रा़मबली ने दौड़कर बेन्द्रे को संभाला। वो अचकचाकर संभलते हुए फ़ौरन कार के अन्दर जा बैठा। रमन बेन्द्रे ने रामबली से ''शुक्रिया'' कहते हुए फाटक पार किया।

रामबली ने जवाब में बस इतना कहा, 'लड़खड़ाते कदमों को संभालने की मेरी आदत है सा'ब, आप तो अभी अच्छे-भले हैं।'

ऑफ़िस के दो-एक लोगों ने रामबली के शब्द सुने और बहुत द्रवित होकर हीरामन चौधरी को याद करने लगे।